Sophie Amandine

Stjärnfrön finns

Tre dagars mörker

Förlag: BoD – Books on Demand, Stockholm, Sverige
Tryck: BoD – Books on Demand, Norderstedt, Tyskland

ISBN: 978-91-8057-404-4

Tack...

...till dig som lyssnar till ditt hjärta, till din egen sanning. Tack för att du är ditt unika du. Du behövs och du räknas, precis som alla andra.

Keep on rockin´ in the free world!

Med kärlek / Sophie Amandine

STJÄRNFRÖN ÄR HÄR FÖR ATT
RÄDDA THE HUMAN EXPERIMENT,
FÖRHINDRA KATAKLYSM...
MEN OCKSÅ FÖR ATT LÄRA OSS
OM GOD-SPARK.

DET VAR EN GÅNG...

... en tid innan tiden. Innan rummet. Innan tomrummet och mellanrummet. Ett vakuum, ett intenas inte. Ett tillstånd så alldeles obegripligt för det mänskliga sinnet att denne med sin längtan efter att nå klarhet, begriplighet, färdats många tankemil, många hypotesresor, för att i sitt fåfängda och fullkomligt omöjliga uppdrag finna en förklaring. En aha-upplevelse. Till livet. Existensen.

Tiden innan tiden. Och tiden där alldeles inpå. Du kära lilla jordevarelse. Du kan den inte alls förstå. Du kan pussla, du kan gissa, du kan förlita dig blint på vetenskapen. Det som tycks vara en verklighet. Men en verklighet är väl i sin rätta bemärkelse ett verk. Ett verk av någon annan. Ett verk någon vill få dig att tro på. Det föga många känner till är att det mera sanningsenligt borde kallas märklighet. Ty livet är såsom vi märker det vara. Hur vi inifrån uppfattar det. Hur vi känner det. En man kan stå bredvid en kvinna, låt oss säga, i hällande novemberregn. Mannen kan huttra i sin dyblöta kostym, banna vädergudarna och högljutt svära hur illa han fryser djupt in i märgen. Kvinnan sidan om kan under sitt paraply och in under sin varma långa kappa av fuskpäls, utanpå tre lager plagg av bomull, mysa till dropparnas symfoni, varm i kroppen, tacksam åt vädergudarna som tvättar träd, grässtrån och fyller ändernas vattenskuta åter. I sin märklighet låter hon sig ej påverkas av mannens verklighet. Lite grand kanske. För så är vi funtade. Vi blir till viss eller stor del påverkade av andra. Eftersom vi alla, sägs det, kommer ifrån samma källa, är det klart att vi på det ena eller andra sättet har effekt på varandra. Vare sig vi vill tro det eller ej. Och tror det gör vi mest hela tiden. Tror och tänker, fantiserar och föreställer oss. Det är den mest framstående, anmärkningsvärda skillnaden mellan djuret människa och alla de andra djuren. Tror vi åtminstone. Vi tror oss stå högre än alla andra varelser på denna jord. Det blev liksom så när hjärnorna våra utvecklades och vi blev så finurliga att vi tämjde elden, uppfann vapen och bilar, byggde om naturen och så vidare. Men hur kunde det då bli så helt av en plötslighet att den så framgångsrika Homo sapiens kom till världen och tog ett kvantsprång under bara en väldans kort period? En period som lämnat ett elefantavtryck i en myrstack. Utrotat, byggt om, förgiftat, genmodifierat naturens skapelse. Kom vi verkligen ifrån apan? Och hur länge ska den här galenskapen fortgå? Svaren är inte så enkla. Inte enkla och inte allena. För sanningar finns det fler än en. I skolbänken lär vi oss att människan kom ifrån apan. Vi nickar och tackar för informationen. Verkligheten som någon annan tillverkat. Ett verk av någon som vill att vi tror på det. På deras version. Men mycket vet ni ej arma små tvåbenta människobarn. Det finns en hemlighet. En annan version. En alternativ märklighet som vem som helst som vill får tro på. Fantisera och spekulera. Men låt oss börja med att få en bild av den gängse teorin om att allt begynte med en Big Bang för en sisådär 13,8 miljarder år sedan. Det var då materia, atomer, molekyler, energi, tid och rum liksom plötsligt uppstod. Men ur vad? Ur tomrummet? Ur blotta intet? Ur den icke befintliga tanken innan den befintliga tanken? Ja så kan det vara. Och längre än så kan vi inte förmå oss att så kallat förstå. Tick tack och tiden gick och för omkring 4,5 miljarder år sedan bildades denna planet som vi håller till på. Först totalt kaos och obeboeligt. Men sen så... för troligtvis 3,8 miljarder år sedan kom vissa små molekyler sig ihopa och bildade mycket invecklade strukturer, organismer av alla de slag. Och så gick tiden än mer, tick tack... och så för 2,5 miljoner år sedan ska det ha utvecklats och levt ett djur ganska så likt den moderna människan. Ganska likt alltså. Det djuret var så gott som vilket djur som helst. Skötte sitt. Överlevde. Påverkade inte sin omgivning och miljö mer destruktivt än en apa, ett sjödjur eller ett kattdjur för den delen. Men var kom de här människoliknande djuren ifrån då? Jo det var som så att vips en dag för 6 miljoner år sedan fick en aphona två barn. Två flickor. Den ena kom att bli anmoder åt schimpanserna, vår närmaste släkting. Den andra kom att bli vår urtida lastgamla urmormor. Tänka sig. Hon var inte lik oss av idag. Nej. Men det var liksom där det började. Sakta men säkert förändrades och utvecklades generation efter generation och så en dag för 2,5 miljoner år sedan hade alltså en människoliknande varelse tagit form. Detta skedde i Afrika. Där levde och frodades de och så 500 000 år senare, alltså för 2 miljoner år sedan, började dessa vandra ut ifrån Afrika. De började sprida sig till vidare landområden. På anledning av det klimat och förhållandena dit de tog sig så formades de olika. De kom att bli olika arter. I Europa och västra Asien kom de att behöva anpassa sig till ett kargt och kallt klimat. För 500 000 år sedan hade neandertalarna formats. De var grova, muskulösa och väl anpassade till istidens klimat. Homo erectus, en lite mer upprätt varelse befolkade Asiens mer östra delar. Man tror att de kom till på grund av en genetisk mutation. En annan art Homo floresiensis formades eftersom de blivit strandsatta på den ö de kom till när vatten-nivån varit låg. Efter att nivån stigit rejält blev de fast på en ö med knappa resurser och detta främjade de små, de kortväxta, de som krävde mindre föda. Och mindre och mindre blev de således. Endast en meter höga med en vikt på ungefär 25 kilo.

Det levde flera olika arter och grenar av Homo-familjen på jorden samtidigt. Det var inte alls så att Homo sapiens utvecklades från neandertalarna utan de existerade samtidigt. Från omkring 2 miljoner år sedan till för cirka 13 000 år sedan före dagens datum befolkades jorden av flera olika människo-arter. Minst sex stycken olika sägs det... överlag över hela denna period. Idag är vi ensamma kvar. Homo sapiens. Den visa människan. För 30 000 år sedan utrotades neandertalarna och för 13 000 år sedan de sista Homo floresiensis. Ungefärligt vis kring denna tid... för cirka 10 000 år sedan uppskattas jordens befolkning ha varit mellan 1 och 10 miljoner. Hur kan det komma sig att vi trängde undan alla andra arter? Vi som bara har funnits i ungefär 200 000 år.

Det var i Östafrika vi föddes. Homo sapiens. Det är vad man tror. För faktum är att vi inte helt säkert vet var och när och ur vilken människovarelse sapiens utvecklades. De flesta forskare är dock överens om att för 150 000 år sedan var Östafrika befolkat av ett släkte som ser precis likadana ut som vi gör idag.

Elden hade börjat tämjas redan innan vi kom. Men just tämjandet av elden kan ha bidragit till den snabba tillväxten och utvecklingen av hjärnan. Att kunna tillaga mat gjorde att vi kunde äta fler sorters föda, få i oss mer näring, göra det lättare för kroppen att smälta maten och även korta ner mag-tarm-kanalen, som likt hjärnan kräver enorma mängder energi. Nu kom mer energi att lämnas åt hjärnan. Den tillagade maten bidrog också till mindre tänder. Elden höll oss varma och den höll också farliga djur på avstånd.

Vad hände sen då? Var sapiens klok med detsamma hon uppstod? Nja... något verkar ha hänt för 70 000 år sedan. I den så kallade kognitiva revolutionen. Någonting gjorde att den kognitiva förmågan sköt i höjden. Mellan 150 000 – 70 000 år sedan hade den alltjämt stått stilla. Men så som en plötslig knäpp öppnades något upp inne i hjärnkontoret. Hmmm... forskare tror att det slumpmässigt inträffat en mutation i sapiens hjärna för mellan 70 000 - 30 000 år sedan. Denna mutation kan ha öppnat upp för att vi nu fick en markant mycket högre kapacitet att minnas, föreställa oss, kommunicera... o.s.v. Hursomhelst så började sapiens sprida sig ut ur Afrika då för 70 000 år sedan. De vann land. De tog sig till Australien för 45 000 år sedan. Till Amerika för 16 000 år sedan. Tack vare språket kunde vi berätta för andra om våra föreställningar och göra det kollektivt. Få andra att tro på det vi trodde och tror på. Såsom skyddsandar, myter, skapelseberättelser, handel, företag, valutor, land, lagar... ja ni förstår. Vi kunde organisera oss. Vi kunde samarbeta. Vi kunde skvallra, informera varandra om hot och strategier för överlevnad och vällevnad. Vi kunde alltså börja samarbeta vitt och brett och därav ta herravälde över jorden. I korta ordalag. Inte konstigt. Allt tack vare denna mutation i hjärnan. Som ledde till att vi kunde börja föreställa oss. Leva i dubbla verkligheter. Dels den objektiva. Med träd och sjöar och eld. Dels den fiktiva. Med valutor, nationer, företag, lagar, handel o.s.v. Den uppdiktade, fiktiva verkligheten har alltmer trängt undan den objektiva. Naturen, djuren. Vad har vi gjort?

Det hände alltså något i vårt DNA som skapade denna drastiska förändring med all dess effekter och följder. Betydelsefulla förändringar i det sociala beteendet kan i allmänhet inte äga rum om inte det sker en dramatisk förändring i DNA:et. Och ända sedan den kognitiva revolutionen har vi kunnat ändra beteenden och snabbt lära upp nya generationer nya beteenden. Vi har varit och är väldigt formbara. Förmodligen tack vare denna förmåga att föreställa oss fiktiva världar. Trots vår fantastiska förmåga att leva i en fantasivärld är vi fortfarande ett djur av kött och blod och känslor. Med behov som står i samklang med Moder Jords rytm. En basal insikt vi behöver plocka upp till ytan igen i dagens stressade elektroniska värld.

För 12 000 år sedan hade vi en jordbuksrevolution, då var vi cirka 1–10 miljoner människor på jorden.

För 500 år sedan hade vi en vetenskaplig revolution. Då var vi cirka 425–540 miljoner människor.

För 200 år sedan kom den industriella revolutionen. Då hade vi ökat till 1 miljard. Och nu...

vad har vi nu? Vi är 7,8 miljarder sapiens. Det sägs att vi överskrider jordens tillgångar. Vi genmanipulerar naturens skapelse. Vi handhar extremt farliga kärnvapen.

Och i framtiden då? Kommer vi att ersättas av en övermänniska? En artificiell intelligens som kan jobba otröttligt och inte demonstrera. Som kan leva på komprimerade näringspiller och ständigt övervakas. Hur många kan vi trängas på denna planet? De femtio senaste åren har jordens befolkning fördubblats. Från cirka 3,7 miljarder till 7,8 miljarder. År 2100 väntas vi vara 8,8 miljarder. Det kan väl inte bara få fortsätta så här? Haven är fulla av plast. Åkrarna är utarmade. Luften förpestad. Homo sapiens spridning över jorden kan liknas vid ett ekologiskt massmord. När de kom till Australien för 45 000 år sedan tog det inte lång tid innan de utrotat 90 % av kontinentens stora djur. Och se på mammutarna. De hade levt och frodats i årmiljoner på norra halvklotet, men så när sapiens spred sig trillade de bort och för cirka 10 000 år sedan fanns inga kvar sånär som på någon avlägsen skyddad arktisk ö, men även dit nådde den tvåbenta seriemördaren och för 4000 år sedan tog den sista mammuten sitt sista andetag och även de var ett minne blott. Sapiens hade utrotat halva jordens fauna av stora djur innan de uppfann hjulet, skriften och verktyg av järn.

Vad i himmelens namn är det som håller på att hända? Ska vi fortsätta? Valar, hajar, elefanter, stora kattdjur, och så vidare och så vidare. Ska vi stå kvar som den enda rasen? Vi och våra förslavade boskap... kor, grisar, höns, katter och hundar...? Är det så det ska vara? Är det detta som är evolution? Ska människan ta död på hela planeten och på sig själva på köpet... så att en ny cykel kan inledas? Är det dit vi är på väg? För måste vi hålla så benhårt i tanken att allt måste vara som förut? Detta är kanske meningen? Vi ser ju i denna korta historiska presentation hur det har gått. Det är i varje fall denna teori gemene man tror på. Det är så vi lär i skolan. Att människan kom ifrån apan och sen förstörde allt. Så blir vi präglade... vi indoktrineras att så här är det. Och nu har vi ångest och vill stoppa detta förstörande av Moder Jord och alla hennes barn. Insekter, djur, fiskar, människor. Men är sanningen denna och allena? Vad om inte?

Vad om det finns något som döljs?

Vad om människan är ett experiment? Som urartat? Vad om det inte var en mutation i hjärnkontoret?

Vad om Homo sapiens är ett experiment som i denna stund är på väg att avslutas?

Ctrl Alt Delete...

1. MORGONSUDDIG ÅNGEST

Lördag 12 december 2020

Jag vaknar av att Rutger välter något i terrariet. Suck. Mina öronpluggar har kasat ut. Tänkte mig sova längre. Jag vet inte vad klockan är men jag känner i kroppen och framförallt i huvudet att den inte är lördagsvänlig. Känner mig grumlig i ögonen och det smakar funky i munnen. Mammas fejkkött-tacopaj smakade sådär. Men det vågar man inte säga. Då fräser hon värre än en klämd Rutger och börjar föreläsa om hela alltet kring djurplågeri, koldioxidutsläpp och gömda ting som släpps ut ifrån Antarktis djup. Ting som vi inget vill veta av. Så att säga. Så det är bäst att hålla tyst. Ett survival-skill som jag, pappa och Tayger sinsemellan är överens om. Vi ger bara varandra korta blickar för att påminna varandra om att *Hoj hoj fellow warriors, do not mock the dragon.*

En tanke slår mig, och det är att jag kan passa på att skicka en oförskämt tidig grattishälsning till Belle. Förhoppningsvis väcka henne. Det är inte som jag är sadistisk på något vis utan jag gillar att visa att jag bryr mig. Jag vill väl vara först liksom. För det är faktiskt en väldigt speciell dag. Det är hennes födelsedag. Hennes trettonde födelsedag. Eller inkarnationsdag som hon kallar det. Tretton. Det är inte något man ser mellan fingrarna på. Tonåren. Som vi har väntat. Jag kan inte säga att jag varken har något övertag eller känner någon form av avund, för själv fyller jag ju år imorgon. Hon har alltid varit först och det kan jag utan tvekan bjuda på. Damerna först liksom. Hela året har vi väntat. Sist i klassen är vi. Udda och utanför även på det sättet. Men det kan vi vara bäst vi vill för vi har åtminstone varandra. Ända sedan BB 2007, då våra mammor lärde känna varandra i sal *Lilla trasten.*

Det är fortfarande komplett mörkt på mitt rum och jag känner mig försiktigt fram över sängbordet så att jag inte råkar välta ner mobilen. Rutger har märkt att jag är vaken och jag hör honom rassla i sitt lilla bo. Han är nog på väg till sitt rutinmässiga morgondopp. Reptiler kan också vara vanemänniskor. Där. Jag håvar mobilen till mig och skärmen lyser mig skarpt i ögonen så att det smärtar. Jag kisar och skruvar ner ljusstyrkan. Så. Hmmm, vad ska jag skriva? Det måste bli bra. Det är som sagt en stor dag.

> *Wakey pakey big girl! Cause it´s*
> *ya birthday! We gonna partyyyy... like*
> *it´s ya birtdayyy. Sorry om jag väckte*
> *dig... eller inte... hahah... jag vill ju vara*
> *först!!! You know!!! Men gissar jag rätt*
> *har du flightmode... sobb sobb... men i*
> *alla fall. Du lär se att jag var först. I*
> *hope at least. Ok, nog för nu. Vi kan*
> *höras av senare. Yours truly bestie River*
> *in da neighbourhood.*

Jag läser om meddelandet fem gånger. Cirka. Det är så här jag vill skriva, men det gör ont i magen. Det är för blaffigt. Jag stänger ögonen och övertalar mig själv att våga vara mig själv. Det är så man kommer längst säger pappa. Jag måste sluta övertänka och bara köra. Just do it! Det som hjärtat vill och sen drop it. Cut the cords och move on. Det dränerar en på energi att hålla på och övertänka, analysera och fundera så himla mycket över vad andra tänker och tycker om en. Så. Belle är den perfekta kandidaten att träna sig på. För hon dömer inte. Och hon skulle aldrig lämna mig. Som vän. Mer än så är det ju inte. Ok. Jag trycker på *Skicka,* tar några djupa andetag och tvingar mig att tänka på något annat. Rutger. Han är säkert hungrig. Jag undrar om han tänker gå i dvala denna vintern. Han gjorde det inte i fjol men då var han i och för sig bara barnet. Leopardgeckos är nattdjur, inte så värst slamriga men ibland rafsar det till och det har jag avhjälpt med att peta in mammas ekologiska bomullsrondeller i öronen.

"Rutger, are you hungry?" skorrar min morgonvackra målbrottsröst. Det väser till i sanden och jag gissar att han blev chockad av det misharmoniska skränet. Hans öron är känsliga och jag fantiserar att han överlägger med sig själv om att verkligen satsa på en dvaloperiod bara för att få slippa ifrån the mis-sound. Jag häver mig upp på sängkanten, tänder sänglampan som med sitt sega eco-ljus charmar mina grusiga ögon. En hårslinga kliar på min vänstra axel och jag drar snodden jag haft runt handleden under natten över handen och fixar upp en svans. Jag harklar mig och låter ögonen njuta av åsynen av min Gibson, akustisk stålsträngad, perfekt lutad mot väggen under min allra mest lyckade målning. Musik och måleri. Det hjälper mig till stor del att uppnå harmoni i mitt känslomässiga universum. Synd att min stämma just nu inte matchar mina riff på gitarren. Det låter förjävligt. Jag vet det själv. Lite självinsikt har jag faktiskt. Men när jag hörde mamma samtala med nån kollega från lokaltidningen i telefon, efter att jag just avslutat en sång jag tränat ganska så intensivt på, så hörde jag henne ursäkta sig inför denne i andra änden av luren, någonting om att det lät förjävligt. Visst, det är inte så att jag tänker söka in till Talang eller Idol men... det frös till i hjärttrakten. När någon annan sade det. Speciellt mamma. Även om hon kan vara störig med sitt vegan-tjafs och hennes nervösa läggning, att hon aldrig verkar riktigt nöjd, allt detta som ofta stressar mig inifrån, så har jag aldrig hört henne prata skit om mig bakom min rygg. Förrän den gången. Jag märker att minnet av detta får mina mungipor att hänga och den isblå stickiga frostgranen att spänna ut sig i mitt inre. Det kallas ångest. Jag har identifierat känslan och gjort den till en bild. En isblå gran med sylvassa isbarr som skadar mitt inre. Men. Jag säger MEN. Jag har faktiskt klurat ut ett knep att tina upp denna gran och mjuka upp allt igen. Med andra ord, detta har hänt förr och jag har hittat ett sätt att ta mig ur ångesten. Så jag kör igen. Jag börjar med att sluta mina ögon och välkomna känslan, alltså bara låta isgranen få finnas där. Jag accepterar den. Ser och känner den. Jag gör så att säga inte motstånd mot den. Jag drar tre djupa andetag. Fyller ut lungorna så väl att även magen späns ut. Håller andan några sekunder. För att visa att jag har kontroll över min kropp. Att inte ångesten har kontroll. Sen stöter jag hastigt ut all luft. Och så likadant en gång till. Jag hör Rutger vissla in i boet, men låter det liksom bara vara. Ok. Tillbaka till andningen. Tredje andetaget likadant, nästan. Djup inandning, håller andan cirka tre fyra sekunder, sen andas jag saaaakta ut genom en liten glipa i munnen. Sen andas jag som vanligt och börjar knacka mig med fingertopparna på min övre bröstkorg, alltså vid nyckelbenen och ner en bit. Det kallas tapping och är ett effektivt verktyg vid stress, oro eller ångest. Det funkar i korta ordalag som så att denna knackning stänger av amygdalans larmfunktion och avaktiverar hjärnans kamp- och flyktreaktioner. Det skickas lugnande budskap till kroppen och amygdala uppfattar situationen som trygg. Forskningen har inte kunnat svara på varför detta sker men det sker i alla fall. Och det är gott nog för mig. För det har effekt. Amygdala är det center i hjärnan som lagrar minnen av negativa upplevelser. Människans stressresponscenter sitter där. Så om man får en ångestattack i olika grad kan tapping ta udden av den eller rent av helt få en att slappna av. Det finns speciella punkter, så kallade meridianpunkter, på specifika platser av kroppen. På nyckelbenen, under brösten en bit ut åt sidorna, typ under armarna, och så på utsidan av handen, alltså karatepunkten. Under ögonen och även precis där ögonbrynen börjar vid näsroten, cirka en centimeter sidanom ytterkanten av ögonen, mitt ovanpå hjässan, mellan näsan och munnen och en centimeter nedanför underläppen. Alltså på många ställen, men jag har kommit fram till att för mig funkar det bra att knacka mig en stund på nyckelbenen och övre delen av bröstkorgen. Efter detta, eller snarare i samband med detta visualiserar jag hur jag tinar upp isgranen. Det är ju inte alltid att det passar sig så bra att sitta och knacka sig på kroppen, inte heller att sitta och flåsa. Då är det mest lämpligt att ta till denna diskreta visualisering som lyder som följande: Jag föreställer mig mitt baschakra, som är placerat alldeles strax framför svanskotan, alldeles rött, ett glödande klot som suger upp värme ifrån jordens mittpunkt. Det glöder och roterar och expanderar och fortsätter upp genom hela mitt inre energisystem och värmer och renar alla mina chakran med jordens urkraft, det tinar ödmjukt upp isgranen och säger att *Hey nu är det vår!* Och så blir alla barren mjuka och lena och gnistrande gröna som babybarr och jag känner hur allt blir mjukt och skönt och jag tackar jorden för dess hjälp, och jag tackar även mig själv för att jag med tankens kraft tog mig ur ett tillstånd av ångest. Att jag faktiskt själv tog kontrollen och valde hur jag ville uppleva mitt liv. Så att säga. Ju mer man övar ju fortare går det att bryta obehagliga känslor. Ingen blir ju mästare på första försöket.

Jag sitter kvar i halvdunklet en stund. Känner mig skönt avslappnad och varm inuti. Tänker på Belle. Alltså att det är hon som har lärt mig knepen. Tappingen och djupandningen åtminstone. Och hur varmt tacksam jag är. Djupandningen löser dessutom upp blockeringar i det praniska flödet, reducerar gifter från lungor och luftvägar, stärker ens elektromagnetiska fält, auran, motverkar depression, osäkerhet och rädsla, stimulerar den kemiska balansen i hjärnan och reglerar Ph-värdet, underlättar blodcirkulationen, förhindrar ackumulation av kolesterol i blodet, öppnar intuitionen, skapar lugn och avslappning, klarhet och tålamod. Ja... vad vore vi utan vår andning? Tyvärr andas den stressade massan så ytligt nuförtiden. Och så dessa masker till på köpet. Hur ska folk bli liksom? Belle vet allt verkar det som. När jag har frågat henne hur hon kan veta allt brukar hon svara att det beror på att hon aldrig glömde. Och så brukar hon snegla hemlighetsfullt på mig och säga att hon ska förklara så småningom. När jag fyllt tretton, har hon sagt, då kan vi börja snacka. Jag fattar inte riktigt vad hon menar men det pirrar invärtes. Någonting väsentligt stort verkar det vara. Det bara vet jag. Hon är ju lite udda. Det säger alla. Nästan. Att hon är ett kristallbarn, stjärnfrö, ett kosmiskt barn... tja sådant. En gång när vi var yngre berättade hon för mig att hon redan innan hon föddes visste att vi två skulle träffas på BB och sen bli bästa vänner. För vi var redan bästa vänner på skeppet. När jag efter en minuts diverse grimaser och *Va???...* och tunghäfta och hjärndimma och så vidare bad henne att förklara, så såg hon bara ledsen ut och sade att *Äh, det var inget.* Sen sprang hon hem. Jag förstod att hon var sårad. Förmodligen för att hon kände sig missförstådd. Och gud ja, det vet jag vad det är att vara missförstådd, hur ont det gör, så jag lät det bero. Men så en vacker dag något år senare, när hon verkade stark och vi var ute på utflykt i fjärde klass, på en djurpark, med en stor naturlekplats där vi under mellanmålet befann oss, hon och jag på bästa utkiksplats på ett sjörövarskepp med repstegar och klättervägg. Då kom jag att tänka på vad hon hade sagt om skepp och innan födseln och så vidare och frågade henne försiktigt igen. Hon började gapskratta. *Inte ett sånt här skepp dummer,* bubblade hon. *Ett slags... ehmm rymdskepp, fast genomskinligt, av nåt slag...* Jag kommer ihåg att mitt hjärta slog flera dubbelslag när hon sagt det. Jag hostade till så som man gör när hjärtat får något orytmiskt ångestsymptom. Det är kroppens egna sätt att ställa allt tillrätta igen tror jag. Reflexmässiga hjärtkompressioner eller nåt. Hon trodde nog att jag hånade henne i och med hostattacken, så hon snörpte på munnen och stirrade blankt ut över trädklungan framför oss. *River, snart kommer du att komma ihåg vilka vi är.* Sen vände hon blicken emot mig. Tittade förståndigt in i mina gröna ögon, hon med sina gnistrande indigoblå. *När du fyller tretton kommer ditt minne äntligen att komma tillbaka.* Sen drog hon som en lättnandets suck och sköt sig ner från platsen vi suttit och vandrade bort mot soptunnan för att slänga sin tomma papptallrik. Jag satt kvar. Och nu sitter jag alltså här, i min säng denna gång. Dagen före min trettonårsdag. Oroskänslan kryper sig på igen. Den där slajmiga känslan i magtrakten. Molandet. Vad är det jag ska komma ihåg? Vad är det som ska ske egentligen? Jag kanske inte vill ändra något. Jag är ganska nöjd som det är. Har någorlunda koll på det mesta. Det får duga. Jag känner att jag börjar rysta på huvudet. Nej nej neeej! Jag orkar inte med någon förändring. Vad är det jag ska börja minnas? Vad är det stora som är på gång? Hjärtat börjar slå snabbare och jag plockar snabbt upp ett annat knep för att bryta oros-attacker. Byter situation och miljö helt enkelt. Jag måste ut ifrån rummet. Vad passar bättre än att gå ner i köket och ta och göra sig en låååång macka med ost, ost och ytterligare lite mera ost? Nada. Så. Up and away.

2. ADHD

Lördag 12 december 2020

Jag lunkar ner för trapporna i bara kalsongerna och ber en stilla bön att ingen är vaken och kan tjata om vett och etikett, outtalade klädkoder och hudavlagringar. Jag SKA klä på mig snart men det är bråttom med mackan.

Mamma ropar till när jag äntrar köket. Lättskrämd som vanligt.

"River! Aah, som du skräms! Är du redan uppe?" Jag ser att hon har radat upp mjöl, socker, russin och en del annat på diskbänken. Hon är rapp i rörelserna och på väg att dra ut en låda samtidigt som hon spänner ögonen i mig, men innan hon hinner säga det jag vet kommer att komma håller jag upp höger hand.

"Jaaa, jag ska klä på mig. Ska bara ta en macka först. Jag är vrålhungrig."

Hon verkar snopen över min rättframma målmedvetenhet. Mina osynliga pansarsköldar och min yttrandefrihet. Plus mina allmänna kunskaper i mänskliga rättigheter. Som typ innebär att man får lov att gå i bara kallingarna i sitt eget hem. Jag smyg-ler triumferande inombords.

"Jag tänkte vi skulle baka lussekatter tillsammans i förmiddag. Dubbel sats direkt. Det är lika bra, sen är det så himla mycket annat jag ska hinna med innan jul." Hon går upp i falsett och fortsätter rabbla upp allt hon måste hinna med hemma och på jobbet, julklappar, diska porslinsfigurer, städa i förrådet, baka pepparkakshus, laga sina veganska julrätter utöver resterande familjs vanliga köttstinna rätter. Hon skiftar dieter titt som tätt och hon har hållt på med sin veganska episod nu i snart ett år och vi övriga tre i familjen har blivit drabbade vare sig vi ville eller ej. Oftast lagar hon två rätter men ibland får vi äta sojabiffar och kikärtsbollar, böngrytor och annat som på kvällarna och nätterna plågar mina inälvor genom att spänna ut dem med sina gas-stimulerande svårnedbrytbara komponenter som jag inte kan förstå skulle vara bra för den mänskliga kroppen, då den uppenbarligen inte är skapt för att klara av att smälta sådan föda. Jag menar, jag har läst på en hel del om Homo sapiens och dess genetik och utveckling, och kort och gott kan jag dra slutsatsen att våra kroppar definitivt fortfarande fungerar som allra bäst på jägar-samlar-vis... speciellt vad anbelangar kost och dygnsrytm. Detta är ett av mina specialintressen, Homo sapiens. Hur vi fungerar. Varför vi fungerar. Och så. Det blev så att jag ville förstå mig själv bättre när jag fick min diagnos för två år sedan. ADHD light kallar jag det. I kombination med högfungerande autism light. I korta ordalag beskriver jag mig som rastlös inombords, jag är inte utåtagerande eller har koncentrationssvårigheter med sådant jag finner intressant, men jag har en hyperaktivitet inombords som har svårt att koppla ner, och jag måste aktivt jobba med nedvarvning. Min hjärna spinner med andra ord oavbrutet, jag får jobba hårt med att lugna den, balansera mellan aktivitet och vila. Annars bränner jag ut mig innan 19 års-ålder säger de. Jag skjuter gärna upp saker i det allra längsta, för att sen om jag känner mig motiverad hyperfokusera och köra på ALL IN tills jag stupar. ADHD bidrar tydligen också till att jag är kreativ. Jag målar, spelar gitarr. Jag har en inre drivkraft att alltid göra något nytt, skapa lite förändring, men samtidigt gör autismdelen att förändring dränerar mig, skapar ångest. Å ena sidan säger ADHD´n att jag inte vill ha rutin, å andra sidan kräver autismen rutiner. Så jag ska ärligt talat säga att jag inte riktigt begriper mig på mig själv. Därför har jag bestämt mig, i samråd med Belle, att jag kallar mig för indigobarn, ett högkänsligt indigobarn. Ett klockrent stjärnfrö, säger Belle. Det låter rimligt tycker jag. Det känns som att jag inte riktigt passar in i denna världen. Och det beror på, enligt Belle, att jag är här för att skapa en ny. Jag ÄR i denna värld, men inte AV den. Det är därför jag känner mig konstig. Fast det är faktiskt världen som är konstig. Inte jag. Hmmm. Suck. Det är inte lätt att vara människa. Det kan vi nog alla vara överens om.

Mina autistiska drag märks förmodligen på det vis att jag inte gärna socialiserar eller pratar om, för mig, totalt ointressanta grejer. Då somnar jag. Eller åtminstone zonar jag bort och ut och lyssnar inte mer. Totalt allergisk mot småprat. Jag hatar grupparbete. Människor tröttar ut mig. Sen har jag då mina specialintressen som kan ta all min uppmärksamhet. Personer med högfungerande autism är nyfikna och har ofta många intressen. Vi fokuserar på specifika områden och blir nästan besatta av dem. Vi söker konstant efter ny information. Jag är omättlig kan tyckas. Det tycker mamma också, som brukar påpeka att jag inte ska vräka på med så många sorters ostar på mina Flat-River-Dagobertare. Men! Jag skyller bara på min diagnos och hon tvingar sig själv att svälja sina ord. Ost-fascinationen är något jag delar med pappa. Tack och lov. Hade själv aldrig haft råd att köpa hem de delikatesser jag fordrar. En annan grej var min episod då jag ett långt tag grävde ner mig i det mesta angående det mänskliga psyket, och om Homo sapiens existens, varelse, historik, biologi. Jag vet inte om jag förstår vem jag är så mycket bättre för det, men hey... vad gör det? Tydligen ska jag ju snart börja minnas. Jag ler för mig själv vid tanken på Belles ord. Av tacksamhet att ha henne som vän. Tycker nog att jag vill kalla det att vi har ett fint band oss emellan. Trots att det i många beskrivningar av autismspektrat framgår att vi har svårt att skapa band i relationer. Stämmer absolut. För även om vi har stor intellektuell kompetens finns det något som begränsar oss. Nämligen sociala färdigheter. Vi är ofta inte så himla bra på att läsa sociala situationer och går ofta vilse i dem. Vi kan finna det svårt att sammankoppla med andra och drar oss ibland från att etablera ögonkontakt. Vissa, ibland, inte alla. Spektrat är brett. Vi känner oss annorlunda och föredrar att vara ensamma. För den med autism kan det vara svårt att förstå "osynliga" sociala regler och många är osäkra på om de sagt rätt saker eller om de pratat lagom länge. Raster, fester och andra tillfällen för socialt småprat är ofta svåra för personer med autism. En del skaffar sig med tiden strategier för att hantera sådana tillfällen, andra försöker så gott det går att undvika dem. De individuella skillnaderna när det gäller kommunikation och samspel är, precis som när det gäller autism i övrigt, mycket stora. Någon med autism kan mycket väl tycka om sociala sammankomster och småprat, men kanske gör av med mycket energi på det och blir kraftigt uttröttad. Men som sagt, jag har bara en del av de vanliga dragen, och i kombination med ADHD'ns superkrafter så blir allt en himla bra kombo. Om. Jag säger OM... man kan lära sig att hantera och balansera mellan aktivitet och vila, lyssna på kroppen, bromsa sig och acceptera sig som man är, respektera sig själv och sina gåvor, och börja göra sin grej, på sitt sätt. Och framför allt inse sin rätt att komma till sin rätt. Och inte, inte, INTE jämföra sig. Om jag har formen av en stjärna passar jag för bövelen inte in i en fyrkant. Easy!

Tycker jag! Belle säger att vi är här för att bygga upp ett nytt samhälle där vi tar till vara på allas gåvor och talanger genom att alla gör sin grej, det vill säga jobbar med det som de har lättast för och tycker är roligast. Och att alla gör det på det sätt som de mår bäst av, som tar minst energi och ger störst effekt.

Belle är väldigt övertygande när hon säger att ADHD inte är en funktionsnedsättning, utan en personlighetstyp som vi behöver i samhället. Att människor med ADHD kommer att behövas ännu mer i framtiden. Att det just nu sker en energihöjning på jorden och att vi är på väg in i ett nytt paradigm, där vi behöver kunna känna av energier, för det är genom energier vi skapar vår värld. Högkänsliga människor som Belle och jag har den förmågan. I det skapandet kommer vi dessutom behöva vara både kreativa och ha drivkraft nog för att kunna skapa våra jobb och den nya värld vi vill se. And look, där passar ADHD perfekt. Hon säger också att det föds fler och fler barn med ADHD just för att vi kommer behöva den kompetensen i den nya värld som nu växer fram. I am a hero! A hero of tomorrow... Ett högkänsligt stjärnfrö. Det kommer både av ADHD'n och autismen. Många med autism har över- eller underkänslighet för sinnesintryck som ljud, ljus, dofter och känsel. Jag är högkänslig. Överkänslig vill jag inte kalla det. Jag hör allt, varav öronpluggar på nätterna och så luktar jag alltid på maten innan jag stoppar den i munnen. Det måste vara en survival-instinkt från stenåldern. När man behövde lukta sig till vilka växter som var giftiga. Om köttet var snudd på härsket. Någon kan måhända undra hur man kan välja att stoppa en stinkande ost i munnen då... om man är så himla känslig för dofter. Men det kan jag berätta... att det inte har så mycket med dess märkliga fragrancer att göra som med smaken. Smaken. Hur det höljer in alla mina smaklökar i ett täcke av lyx och flärd. Krämighet. Smäktande perfekta symfonier inne i min mun... och högt upp över hela mitt väsen, ner i fotsulorna. Hela jag blir mjuk och avslappnad. Ost hjälper mot ångest. Kanske därför man säger ko-lugn. *Du, den där snubben han är ko-lugn*, eller *snäll som en ko*. Inte konstigt. Det finns helt säkert ett ämne i osten, mjölken, nånting i kossan som bara aaaahhh... lugnar och vaggar oss. Mig i alla fall. Jag ler lyckligt där jag står, skådar in i kylskåpet, känner all denna ost-odör slå emot mig som en dunfluffig chickamocka.

Personer med autism kan ibland uppfattas som okänsliga eller socialt klumpiga, till exempel genom att ge rättframma kommentarer om någons utseende eller genom att inte säga hej och hej då på ett förväntat sätt. Men personer med högfungerande autism däremot, som jag, har lätt för att uttrycka sig. Vi talar, resonerar och kommunicerar effektivt och skickligt. Inte alltid vill jag erkänna. ADHD´n kan där gå in och göra mig så pass hyperaktiv i tanken så att tanken är långt före talet och det blir som en taldyslexi. Själen, sinnet och kroppen kanske inte är så perfekt synkade alla gånger om man säger så. Och så tryter koncentrationen om det är tråkigt och det blir inte så bra. Jag är bättre på att skriva än på att prata. För då hinner jag ta tillbaka orden som annars flyger i förväg. Författande kanske skulle passa mig i framtiden. Om jag får dille på det alltså. Då skulle jag lätt kunna spotta ur mig böcker på löpande band, om sådant jag brinner för. Såsom ostar och Homo sapiens. Om jag inte ändrat fokus till dess alltså. Romaner kanske. Who knows? Fantasin har jag ju.

Ett märkvärdigt karaktärsdrag är inte bara att våra IQ är över snittet, utan även vår förmåga för spatial intelligens, vilket är förmågan att fantisera och visualisera. Jo tack, fantisera kan jag. Och i kombo med min överaktiva ADHD-hjärna kan det bli så mycket att det lätt slår in på ångest och till och med tvångsbeteenden. Det kan verkligen bli lite svårare att hantera sina känslor. De flesta personer med högfungerande autism får diagnosen som vuxna. Detta kan vara för att de tenderar att ha hög intelligens, vilket hjälper dem att övervinna svårigheter. Men deras familjer och sociala omgivning kan uppfatta begränsningarna, men de tenderar att se dem som personlighetsdrag. Därför misstänker man sällan autismspektrum-störningar. Det är så det är med pappa tänker jag. Han har garanterat högfungerande autism. Outredd. Han har dille på survival och hans prepperförråd är inte att klanka ner på. Glömde jag nämna hans ost-dille? Egentligen vill han flytta till landet och ha ett par egna små kossor och ost-tillverkning. Ifall allt skulle skita sig och världen gå under. Då hade han i alla fall haft sin ost. Och jag med.

Mamma har förmodligen ADHD, för hon är verkligen speedad och hon har listor överallt, i prydliga högar förvisso. Men freaking överallt. Jag vet att det är hennes sätt att hantera vardagen. Efter att jag fått min diagnos gick det upp ett ljus för henne att hon också har väldigt många drag av ADHD, men hon orkar inte gå på utredning säger hon. Hon är som hon är och har lärt sig att fungera. Jo tack. Hon är livlig. ADHD är ett tillstånd som innebär att man har stora och varaktiga problem med att styra sin uppmärksamhet, reglera aktivitetsnivån och kontrollera sina impulser.

Barn med uppmärksamhetssvårigheter har ofta svårt att koncentrera sig. De kan missa detaljer i skolarbetet, har lägre uthållighet och verkar inte alltid lyssna på tilltal. De följer inte alltid instruktioner och blir ofta inte klara med sina uppgifter, har svårare att hålla ordning och undviker uppgifter som kräver mental ansträngning. Somliga barn tappar bort sina saker, är lättdistraherade och glömska. Hör ni? Vilka fördomar. Jag säger rebell mot det gamla skolsystemet. Varför ska jag lära mig om kung Gustav eller Adolf den hundrade eller tredje, eller hur sjutton de dog? Jag bryr mig inte ett dugg och ser absolut ingen nytta med att veta detta. Totalt nada! Dessa så kallade slarviga och stökiga beteenden kan väcka irritation hos omgivningen, som tolkar det som att barnet inte anstränger sig. I själva verket är det koncentrationssvårigheterna som ligger bakom dessa beteenden sägs det. Barnet har svårt att fokusera på det i sammanhanget väsentliga, behålla uppmärksamheten på saker som uppfattas som tråkiga och kan inte styra uppmärksamheten på ett flexibelt sätt. Visst, jag kan förstå att det är väsentligt att det finns kirurger som orkar hålla fokus i arton timmar och kan lyckas intressera sig tillräckligt för att stirra ner i ett uppskuret hål in i en människa och laga och reparera. Det är en fantastisk gåva till oss andra. Men jag är ju inte sån. Jag funkar på annat sätt. Jag har skaparlust i megalass. Jag är en upptäckare. En sån som på stenåldern tog sig vidare till nya marker. Hade det inte varit för oss ADHD-people hade Homo sapiens inte ens tagit sig ut ur Afrika för 70 000 år sedan. Så det så. Jag vet att människor med ADHD har enorma gåvor att ge världen. Dessa fantastiska superkrafter får inte spillas, de ska användas. Vi har fått dessa egenskaper av en anledning, och jag är övertygad om att det är för att göra gott i världen. Vi behövs, helt enkelt, precis som alla andra människor. Och på tal om koncentrationssvårigheter... att tvingas koncentrera sig från morgon till kväll på saker som är urtråkigt politiskt korrekt för att man ska passa in i en mall gör en saligt trött och utmattningssymptom är inte ovanligt bland ADHD´are om man säger så.

Överaktiviteten är också typisk för många med ADHD. Yngre barn kan ha svårt att sitta still, reser sig upp och går eller springer runt. De har svårt att leka eller umgås lugnt med andra barn, går på högvarv eller pratar för mycket. Många barn blir mindre överaktiva när de blir äldre men är ändå rastlösa inombords och blir lätt uttråkade. Beteendet handlar om att man har svårt att anpassa sin aktivitetsnivå så att det blir "lagom". Hyperaktiviteten, inombords som utombords, gör att man har svårt att vila och återhämta sig. Ett yttre bevis kan vara att nästan alltid ha någon kroppsdel i rörelse, även om man sitter still, kanske hoppa med benet, vicka på foten eller nåt.

ADHD har visat sig arta sig något annorlunda hos flickor som har en förmåga att göra sitt allra yttersta för att passa in. Vara en duktig flicka... något som tyvärr förr eller senare ofta leder till en utbränd kvinna. Hyperaktiviteten huserar hos dem ofta i huvudet. Alla snurrande tankar. Har jag hört. Jag tror som så att många av oss lider av en enorm självkritik för att vi inte passar in i mallen, en självkritik som äter upp självkänslan och matar ångesten. Jag tycker att det är förbannat synd att man inte bara kan få vara sig själv och att samhället inte bara kan ta och anpassa sig efter våra unikheter. Men men, det ska vi ändra på. Jag önskar att det går fort, för långsamhet är inte en ADHD´ares bästa treat. Vi är inte så förtjusta i långsamhet. Såsom att gå bakom någon sakta. Man bara måste om. Man inte bara åker i rulltrappan utan man tar gärna och skyndar på genom att samtidigt förflytta fötterna, steg för steg. Man har svårt att bara ligga och vila utan att ha en massa tankar och projekt i huvudet. Och speciellt ha tålamod med andras dumhet. Jag skulle aldrig kunna vara lärare till exempel. Blir vansinnig när jag ska förklara saker för min lillebror Tayger till exempel. Mamma är likadan. Om man inte fattar direkt vad hon menar ser man hur hon kokar inombords. Hon skulle till exempel inte bli en bra hemkunskapslärare för hon hade dumförklarat alla mjöl-glömmande elever och svurit att *Men för helvete din lilla fubbick, det fattar du väl att man ska strö mjöl på bakbordet innan man kavlar.* Och så hade hon slitit hår när de sega likt kolor skulle försöka skrapa upp all klibbig deg från bordet och göra om, göra rätt. Ingen ängels tålamod med långsamhet direkt. Vare sig det är hos andra, i film eller i livet. Det ska hända nåt. Fort. Gah! Och åter... gah! För idag ska vi tydligen baka och då gäller det att jag sköter mig, är snabb och effektiv så att jag slipper hennes vassa blickar och suckar. För de är världsmästare på att väcka ångesten i min inre isgrans-skog.

Jag kan på ett vis vara förlåtande till mammas impulsiva rättframhet och mun-diarré. Om man är impulsiv så håller man inte inne med sina reaktioner och lyssnar inte färdigt innan man svarar. Jag ser det som att man är ärlig. Det är väl bra? Nää, tydligen inte i ett ljugarsamhälle där man ska förfina allt. Jag tycker för övrigt inte att det är så konstigt att man till exempel avbryter någon annan om jag har något viktigt inlägg som till exempel kan få slut på någon annans eviga tråk-malande. Jag vill liksom bara rädda situationen. Mamma vill ju, för hemkunskapseleverna i mitt exempel, effektivt klargöra en gång för alla, att man HAR mjöl på bakbordet. De lär ju aldrig mera nånsin glömma bort det åtminstone. Men det är visst fel. Fel att inte vara PK-ödmjuk och tålmodig. Impulsiva handlingar kan nämligen leda till att man hamnar i situationer som får oönskade konsekvenser. Såsom arga föräldrar till hemkunskapselever eller ren och skär uppsägning. Tur för mamma och de där eleverna att hon jobbar som korrekturläsare och allt i allo på lokaltidningen. För att ta några andra exempel så är det inte heller så klokt att köpa en extra gecko eller soffa om man inte har råd, eller ens någon plats, eller om den gecko man har är en ensamvarg och inte vill ha en roomie. Det impulsiva beteendet beror på att man har svårt att bromsa och kontrollera sig själv, och kanske inte hinner tänka efter innan man agerar. Känslostyrd säger jag bara. Jag är för fanken ingen robot. Det har väl hänt att jag knycklat provpapper i skolan, slängt alla fotokataloger när Vreta-Axel och de andra handbolls-snobbarna kallat mig Ost-Balle... alltså svenska för Cheeseball... inte roligt tycker jag. Jag ångrade mig efter att jag slängt alla kataloger. Skulle hämta upp dem igen från soptunnan. Då hade pappa precis avslutat ett hyperfokus i att kompostera och effektivisera förmultningsprocessen i hans lökland så det hade hamnat någon illaluktande sörja ovanpå som han sa var tvungen att gå till förbränning i Måsalycke. Jag kom ihåg att det sved i mina ögon en stund efter den upplevelsen. Och det var inte av sorg på grund av fotokatalogernas förfarande. Mamma är också impulsiv. Hon shoppar alltid en massa nya inredningsprylar. Blir aldrig färdig. Det handlar om en inre drivkraft att alltid göra något nytt, skapa förändring i livet, kicka igång belöningssystemet, låta dopaminet flöda. Hon vill ha förändring. Hon känner sig levande. Det måste hända något nästan hela tiden. Och pappa brukar svära högt när Klarna-fakturorna dimper ner. Mamma svarar då genom att demonstrativt peka på sin panna och be honom att tilltala de delar av hjärnan där den minskade aktiviteten som är involverad i den viljemässiga styrningen av uppmärksamhet, aktivitetsreglering och impulskontroll huserar. Hon är rätt trotsig med andra ord. Men det ingår. En del personer med ADHD utvecklar nämligen ett mönster av trotsigt och utagerande beteende som kan göra närståendes liv utmanande. Det är så det heter i PK-termer. I verkligheten är det faktiskt så att det här så kallade trotsiga beteendet är ett uttryck från en modig själ, en frihetskämpe som kämpar för allas unika uttryck. Allas rätt att tala sin sanning. Att ryta som ett lejon för att få PK-nickedockorna att vakna.

En mamma med outredd ADHD och en pappa med outredd högfungerande autism. De fick ett barn som blev en mix. Därav min diagnos. ADHD light/Högfungerande autism. Jag vet att det inte heter så i medicinska facktermer men det skiter jag i. Och för den delen är det också missvisande att det går under begreppet NPF, neuro-psykiatrisk funktionsstörning. Störning!? Hör ni? Störning för att man inte passar in i mallen i detta sjuka samhälle. Jag får ångest och blir speedad bara av förolämpningen. Fuck that label. Men. Nu lägger jag det bakom mig och i fortsättningen kallar jag mig för högkänslig indigorebell at heart. Skapare av en ny bättre värld. Men i kortare ordalag kort och gott STJÄRNFRÖ. That's me! Som jag nämnt består min familj av ytterligare en

medlem. Även han speciell på sitt vis. Namn: Tayger
Tyre. Fem år gammal.

Han har drömmar som ger mig the cold chills.

3. ÖVERLEVNAD

Lördag 12 december 2020

"Du tar väl din dagliga promenad hoppas jag." säger mamma och spänner missbelåtet ögonen på min avlånga mustiga skiva surdegsbröd med ett krämigt, inte så speciellt fattigt lager smör, en rå-hyvlad skiva Sorte Sara, en läcker trekant Camembert under en puff Olof Viktors björnbär/lime-marmelad, en klick ostrullad med sting, det vill säga chili, och dessutom en lång sträng äkta fullkomlig fet majonnäs. Fattas gör nu bara den rostade löken på topp.

"Är den rostade löken slut?" fasar jag och flyttar tillbaka blicken in i skåpet ovanför mikron. Flyttar runt burkar och diverse halvtomma påsar. Eller halvfulla heter det. Har pappa sagt. Well, jag ser ingen lök och jag känner hur hela dagen håller på att bli snäppet sämre än den kan bli. Oddsen för en bra dag sjunker drastiskt om jag inte får en perfekt Flat-River-

Dagobertare till frukost. Jag kallar den så ty en Original Dagobertare är en fantastisk flervåningsmacka. En sådan hade varit heaven... men jag tänker på figuren. Jag måste. Innan jag hinner jaga upp mig hör jag mamma uppgivet pusta nåt om pappas prepper-förråd. Såklart. Tacka vet jag pappa. Han vet hur att vara en överlevare.

När jag kommit ner för trapporna till källaren ångrar jag mitt val att bara gå iklädd kallingar. Här är klimatet lite råare och jag skyndar mig in till gillestugan also known as pappas prepperförråd. Mina ögon glider fort bort till hyllan med tillbehör. Piff-hyllan som pappa kallar den. Han har världens system. Ordning och reda. Mina nakna fotsulor trivs inte och jag svär inombords åt mina föräldrars dåliga framförhållning. Rostad lök ska alltid finnas till hands i köket. Mitt i besvikelsen knackar det på min mörka dörr i hjärnan. Det är ljuset. *Hey*, säger det... *remember att din pappa faktiskt hade en burk till dig down here.* Och jag blir genast på lugnare frekvens. Aah... tack Belle för alla dina knep. Som typ programmerat om min hjärna. På vägen ut från vår skattkammare ser jag längst in till vänster en enorm säck med torrfoder till katt. Men det snurriga är att vi inte har någon katt. Ska vi skaffa en katt? Ska jag få en katt i present imorgon?

Men jag har inte önskat mig en sådan? Och Rutger? Han skulle få hjärtsnörp eller få strupen utsliten. Pulsen stiger och jag räknar till att detta redan är minst fjärde gången idag som jag har fått ta till ångestdämpande verktyg av skilda slag. Denna gång väljer jag rimlighetsmodellen och alternativa tankar. Funderar över hur rimligt det är att jag skulle få en katt i present. Typ noll. Mamma vill inte ha mer att städa. Skulle hon uppskatta kattsand på varje kvadratmeter golvyta, katthår i maten och i näsborrarna? Nope. Check. Mina föräldrar är intelligenta nog att begripa att inte skaffa en katt om vi redan har en gecko i familjen. Check. Jag måste lita på dessa hypoteser. Bara måste. Vad är den alternativa tanken? Alltså förklaringen till denna gigantiska kattmats-säck i ett prepper-förråd. Jo. Pappa tänker att när all annan mat är slut kan vi överleva på torrfoder ett bra tag. All näring i små runda knapriga rundlar. Lång hållbarhet. Smart drag. Nöden har ingen lag. Jag tar något steg närmare och spänner ögonen i texten utanpå säcken. Fresh chicken. Tack och lov är det inte fisk. Men vad ska mamma äta? tänker jag, kramar min burk med rostade lökbitar från himlen och skyndar upp i värmen.

Under tiden jag varit på skattjakt, och då talar vi max en minut, två på sin höjd, har mamma redan hunnit bära fram bakmaskinen från stenåldern. Den vrålar och vibrerar i klass med en gatuborr. Varje gång hon bakar och vi andra lider och får öroncancer av det fruktansvärda oväsendet ursäktar hon sig alltid med hur miljövänlig och ekonomisk hon är. Ty denna maskin fick hon när hon var 20 och den är fortfarande i toppskick. Menar hon. Hon är mäkta stolt över att den hållt i alla dessa år. Hon är 44 nu. 24 år på en bakmaskin. Jovars. Respekt. Men varför hon inte byter ut den såsom hon byter ut gardiner, soffkuddar, krukväxter och så vidare. Och så vidare. Det går mig förbi. Hennes driv att ständigt förändra hemma... som förmodligen kan komma av hennes ADHD-drag... är något denna vrålmaskin står fullständigt immun emot. Så fort pappa sliter hår när nya Klarna-fakturor på diverse krimskrams mamma i sin tristess klickat hem, dyker upp, och han beskt föreläser om hållbarhet, både i fråga om miljö och vår egen ekonomi, har hon alltid sitt försvar i full alert. Hon är vegan och drar minsann därmed sitt strå till miljöstacken. Lite nya heminredningsprylar gör varken från eller till. Och. Hon framhäver alltid sin kära bakmaskin. En ny går på minst 7000 kronor, om det ska vara samma kapacitet och kvalitet som i denna klenod. Där drar hon sitt strå till familje-ekonomistacken. Avslutningsvis hånar hon pappas prepperhysteri och varje gång han börjar försvara sig går hon till köksbänken där vi har post-it-lappar och pennor. Skriver något på en guling, går till låda nummer tre vid vasken, drar fram en halvmeter aluminiumfolie och smeker den varsamt om hans huvud. Och så har han fått sig en foliehatt. Därefter sätter hon post-it-lappen på hans bröst. "THE END IS NEAR", står det i svart. Hon pussar honom på kinden och sjunger "A-tytt-a-löör, på franska" (vilket betyder något i stil med "Vi ses senare") medan hon förnöjt och segervisst spatserar därifrån. Då och då kör hon med försvarstalet "Jag är Jane, Tarzans Jane. En före detta alltför tämjd kvinna som slagit sig fri. Vild och fri." Nu blev det så att Jane icke fick en Tarzan, utan en Björn. En bottensnäll Björn Tyre. Min fader. The survivor. Min moder Jane har alltså tre olika taktiker att möta livets obstakler och pekpinnar på.

1. Hon skyller på hormoner, gener och biologi, hur hjärnan är uppbyggd, kopplad och så vidare. Friskriver sig totalt ifrån sina instinktiva handlingar.

2. Hon framhäver en god hjältinne-sida hos sig själv i samband med att hon lite skämtsamt men

förlöjligande framhäver en god hjälte-sida hos sin motpart men avväpnar denne och liksom placerar en dumstrut på dess huvud och skjutsar in denne i en skamvrå.

3. Feminismen. Att hon numera slagit sig fri och är en vild och fri kvinna som vet sina rättigheter. Och att sätta sig emot det i en nutid då patriarkatet ska störtas och den feminina energin ska få blomstra upp i all sin prakt och återställa balansen på jorden... ja då kan man lika gärna inställa sig i rättssalen eller ta en kölapp till elektriska stolen. Typ.

"RAAAAAAAAAAAAAA-VRRRRÅÅÅÅÅÅÅÅL-RÄÄÄÄÄÄÄÄÄ!!!" Det låter mer än förjävligt. Om det låter förjävligt i en atypisk människas öron. Det vill säga en människa utan neuro-psykiatrisk funktionsvariation. En människa utan en exceptionell högkänslighet för ljud, frekvenser, nyanser, intryck av alla de slag... ja då skulle jag säga att i mina ADHD-öron, rättelse, högkänsliga indigo stjärnfrö-öron låter det rent föööööööör-jävligt öroncancer-framkallande. Jag håller för med båda händerna så gott jag kan med en helig burk rostade lökbitar från himlen i högran. Provar att trycka burkbotten mot ena örat för att sluta tätt, men det gör bara ont. Innan jag hinner justera om burken i handen och täppa till hörselgångarna på allra mest effektiva sätt vänder sig mamma om och ser min grimas och hur jag lider. Hon har ett varmt hjärta där innanför det rosa splitternya förklädet för hon stänger omedelbart av och kommer fram och ger mig en mysig kram.

"Älskling... du hittade... se så bra det är att vi har pappa va?" Jag håller med och bestämmer mig för att inte nämna säcken med kattmat.

"Det är allt bra att vi har dig också..." säger jag "...så vi håller oss runda och goa av alla dina himmelska bakverk."

"Tack min gullunge..." kvittrar mamma mjukt. "...men lussekatterna blir allra godast när vi allesammans bakar dem ihop. Det är ju en tradition också ju... Nu ska degen strax jäsa en timme... max, och då är du säkert tillbaka från din promenad, tror du inte?"

"Inga problem. Jag ska bara äta och mata Rutger och ut om den lilla rundan i Norran, sen kör vi." peppar jag. Peppar oss båda. Jag älskar ju saffransdeg. Brukar kunna fiffla i mig en och annan degpuff.

"Hur dags kommer gästerna imorgon?" frågar jag och ser framemot att bli lite rikare. Plus att få träffa mina mor- och farföräldrar. Mamma släpper kramgreppet om mig och tittar allvarligt och sorgset in i mina gröna. Innan hon hinner yppa orden jag förmodar ska komma rinner den absurda insikten som en iskall dusch genom min trygga världsbild. Insikten om att världen är flippad at the moment.

"De är eeehm... rädda... att vi möjligtvis skulle bära på corona och om att ifall de skulle bli smittade... så tror de att de dör... jaaa, du vet... de är ju över sjuttio och i riskgruppen och vi ser ju statistike..."

"Det är lugnt." avbryter jag. "Jag förstår..." orden ebbar ut. Nu har vi haft det jävla viruset i snart ett år. Inte förrän nu känner jag mig riktigt drabbad.

"Men julafton då?" Jag slänger ut med armarna men håller fortfarande hårt i min burk så att den inte riskerar att sargas på något som helst vis.

"De har föreslagit att vi skulle kunna ta vars ett PCR-test alldeles innan för att försäkra oss om att vi är friska och då kan de tänka sig att komma... med munskydd och visir." säger mamma tvetydigt. Jag vet att hon vill att allt ska vara som vanligt. Jag vet också att hon inte vill att vi kör runt en märklig tops långt in i hjärnan och långt ner i halsen bara för att fira jul. Och inte heller att vi blockerar våra andningsvägar. Självaste porten mellan livskraften och vår köttkostym. Ska jag säga vad jag tror, så tror jag som så att min stresskänsliga uppvarvade, på gränsen till utbrända moder är tacksam över denna pandemi. För även om det har varit ett ångestladdat år så har det också varit ett år i stillhet. För hennes del skulle en inställd släktjul innebära mindre måsten, mindre mat, mindre prestationskrav inför denna högtid då vi förväntas fira Jesu födelse genom att konsumera en massa plastskräp, dekorera med all sköns toxiner och djävulens röda färg i vart hörn. Placera ut gubbar med vitt skägg som kallas Santa Claus, fritt omskrivet från Satan's Claws... som en motpol till Jesus... allt för balansen i universum. Balansen mellan mörker och ljus. Och för henne som innerst inne hatar julen, rättelse genomskådar julen... kanske hon för en gångs skull kunde ta och chilla. Men det är lite grand som när man hugger huvudet av en orm. Den sprattlar ett tag till i rena nervryckningar. Eller nåt. Ungefär som med en uppjagad mamma. Det tar ett tag innan hon lugnar ner sitt sympatiska nervsystem. Precis som det tar ett tag innan pulsen går ner sen man sprungit ett maraton. Ja ni förstår vart jag vill komma.

Jag ler insiktsfullt och tittar ner på mamma. Ja, jag är ju fem centimeter längre. "Nej mamma... vet du vad... vad det nu än är för mening med denna världs lockdown, med all dess rädslopropaganda och skräck för sina medmänniskor, rädslan för att dö, kollapsen av ekonomin... så ser jag det som vår chans att få lite lugn och ro på självaste julafton. En fröjdefull jul ska vi ha. Utan en massa måsten och prat och babbel om rädslor och mormors alla sjukdomar, farfars skvaller om grannarna... ditt spring i köket och farmors gnäll och pikar på min övervikt och på pappas arbetslöshet... eller lathet som hon kallar det. Hade det inte varit en sann fröjd att bara sitta vi fyra med en brasa, se på Kalle och dricka varsin kopp varm choklad, toppad med vispad grädde och mini-marshmallows, en stor låda pepparkakor, och en minst lika stor låda tomteskum och sen byta julklappar? Det behöver bara vara en vars. (PS: Jag har önskat mig en Ipad). Och så kan vi hjälpas åt att duka fram några sorters julrätter. Behöver inte vara alla som mormor kräver för att det alltid har varit så. Sen kan vi spela nåt spel och dricka glögg och vräka i oss julgodis tills vi spyr och..."

"Stopp!!" skrattar mamma och håller upp en näve. "Jag ska ha Blossa årets glögg till Kalle."

"Ok. Deal." säger jag, flyttar lökburken till vänster och vi skakar hand fastän folkhälso-myndigheten varnar för riskerna med att skaka hand. Men mamma och jag, vi är lika rebelliska båda två. Typiskt stjärnfrö-drag. I love it. Vi blinkar till varandra och fortsätter med vårt. Hon torkar lite förstrött på vasken och väntar med att sätta igång vrål-maskinen tills jag är färdig med min efterlängtade topping på mackan min.

Det finns ingen chans i världen att jag missar när hon sätter igång The Machine. Är precis på översta trappsteget och hastar in på rummet för att njuta av min Flat-River-Dagobertare. Dock tänker jag invänta tystnaden.

4. VARSEL

Lördag 12 december 2020

Jag pallar upp några kuddar mot väggen, drar täcket upp över min mage som eventuellt innehåller för mycket underhudsfett för att anses hälsosamt. Pappa säger att det är bra att ha lite extra om det skulle komma svåra tider. Då är det vi med extra lagrad energi som lever längst. Jag ler lite grand åt hans goda tanke samtidigt som jag anar att han måste veta något. Tänker på hans prepperförråd. Att han till och med gått så långt att han köpt hem kattfoder. Är han något på spåren eller är han bara psykotisk? Tänker på pandemin. Nedstängningar. Munskydd. Topsande i närheten av hjärnan. Vaccinet, som innehåller Gud vet vad, som de prisar och hypnotiserar folket med att alla ska ta. Så att allt kan bli normalt igen. Bara alla pytsar in denna magiska fluid i sina köttkostymer. Hela jordens befolkning. Det är inte lite märkligt. Ifrågasätter man inte att något lurt är på gång ja... halleluja då har man allt det lätt. För jag tycker det är ganska så jobbigt att märka av märkvärdigheter. Får ångest.

Jag sniffar på min underbara macka. Insuper ostdofterna och mina ögon tåras. Inte av lycka denna gång, utan av djup oro. Oro för att detta snart ska ryckas ifrån mig. Jag klämmer på mitt bukfett. Inte konstigt att Belle aldrig visat något romantiskt intresse för mig. Varför tänker jag så? Vi är ju bara vänner. Jag tittar på mobilen. Hon har inte svarat på min grattis-hälsning. Kanske min text var för mycket. För blaffig. Och så tänker jag på mig själv. På att jag fyller år imorgon. Och då ska jag börja minnas. MINNAS? Någonting ska jag börja minnas imorgon. Enligt Belle. Men vad i helvete då? Någonting stort tydligen! Just nu när världen är helkonstig och människor är rädda för varandra och djävulskt väser *"aaaaaaavstååååånd"* i mataffären åt varandra. Jag känner pulsen och andningsfrekvensen stiga. Fan också. Jag säger faaaaaan vad tankar kan messa upp allt.

"DUNS!" Jag hoppar till. Det måste ha varit en fågel som flugit in i fönstret. Rutger sprätter runt i terrariet och jag far fram till rutan efter att med ömhet placerat min flata Dagobertare åt sidan. Drar upp rullgardinen. Ljuset svider i ögonen.

Det är en fågel ja. Den rör sig på december-gräset. Det skånska snötomma decembergräset. En kråka. Han har fått sig en bra smäll, men han lever, hoppar lite i zick-zack innan han stillar sig. Faller. Dör han? Jag håller nästan andan där jag står, har händerna i böneposition framför munnen som ännu ej smakat på mackan. "Kom igen... vakna... ut med vingarna." Jag kommer på mig själv med att börja flaxa. Jag håller inte andan längre utan hyperventilerar nästan. En fågel som flyger in i fönstret och dör. My holy God! Är inte det ett dåligt omen? Ett varsel? Check på den! Jag faller ihop mot golvet och lägger mig i en framstupa position som Belle lärt mig lugnar nervsystemet. Babypose kallas den på yoga-språk. Sätter mig på knä, lägger mig framåt med pannan i golvet. Armarna bakåt längs med sidorna. Slappnar av fullständigt. Denna position gör att vagusnerven stimuleras väldigt effektivt. En nerv som gör att kroppens lugn och ro-system tar över. Puls och stresshormoner, andning...

allt lugnas ner. Ett trick man kanske inte tar till på bussen eller i mataffären eller så, men hemma. Helt ok. Innan det lugna systemet vunnit kampen ser jag framför mig mammas gula post-it-lapp "THE END IS NEAR" ... men den bleknar ikapp med att jag även aktivt väljer att alternera tankar. Typ som "Skärpning River! Hur många gånger i världshistorien har inte hysteriska människor glappat med plakat att slutet är nära. Hur många gånger om dagen, i timmen, världen över flyger inte fåglar av misstag in i fönster? Inget konstigt med det. Hur många pappor är inte preppers för att sörja för sin familj om allt skulle gå åt helvete? Är det fel att vilja överleva? Noooo!!! It´s quite basic to human nature! Hur många har inte kompisar som vill lura i en att man ska börja minnas konstiga saker på sin 13-årsdag och att något stort är i görningen? Hur många lider inte av hybris now and then? Hur vanligt och normalt är det inte att hela jordens befolkning ska ta ett vaccin? Inget konstigt alls. People are strange! Även solen har sina fläckar och överlevnadsinstinkten visar sig på olika sätt.

Efter en stund känner jag mig balanserad men hungrig. Sjukt hungrig. Magen kurrar i nittio decibel så snart går ångesten in av den anledningen. Jag reser mig, slår ett mycket nyfiket öga ut genom fönstret.

Kråkan är borta. Har säkert kvicknat till och flugit sin kos. Jag ler och sätter mig för att äntligen avnjuta min Flat-River-Dagobertare. Sen blir det påklädning, kalciumpulver-pudrade mjöl-maskar till Rutger och sen ut genom dörren.

5. KRÅKORNAS MEDDELANDE

Lördag 12 december 2020

"Tack för denna tiden kära lilla mr. Murgröna. Bless your soul." säger jag vördnadsfullt till en stackars halvknagglig krukväxt på båge. Han ligger på bänken bredvid soprullen för att förhoppningsvis demonteras och anordnas i sin rätt så att allt kommer i rätt sopkärl.

"Du har spridit mycket glädje och harmoni från köksfönstret." Jag är vid detta lag en luttrad begravningsförrättare/välsignelsekastare av utbytta krukväxter. Jag lade märke till när jag anordnade min macka för en stund sedan att något var annorlunda i fönstret ovan vasken. En stor prålig röd julstjärna tittade på mig. Det var som om jag kunde känna dess ångest. Julstjärnor vet om deep down i sitt DNA att de är väldigt kortlivade i de svenska fönsterkarmarna. De tycks ännu inte funnit frid och acceptans i sin korta livscykel. De är nervösa, även om de gör sitt bästa för att njuta av sin korta tid. Jag log lite medlidsamt mot den och fick stoppa mig själv från att gå för djupt ner i funderingarna om livets förgänglighet. Jag dras så lätt in i djupa betraktelser... om livets varande. Om existensen. Det hör ihop med mitt mega-intresse för Homo sapiens. Allt detta tänkande tar oerhört mycket kraft från mig och jag har väl om jag får skryta blivit liiiite bättre på att välja vad jag ska tänka på, hur jag ska lindra ångest och så... tack vare Belles tips. Belle ja... Jag tar upp mobilen ur fickan när jag lämnar vår tomt. 11:11. Åååh. Ett tecken från universum via mitt undermedvetna. Jag vet att denna sifferkombination är kraftfull och har många olika betydelser. Det första som klingar inom mig av det som Belle har berättat är att det är som en påminnelse om att vi har en förbindelse till något högre. En högre intelligens. Både inom oss och utom oss. En slags påminnelse att komma ihåg vårt ursprung.

"Pock!" Det känns som en liten box i magen. Där kommer det igen. Jag är orolig inför morgondagen... då jag ska börja minnas... och jag tänker inte förneka mina känslor längre. Jag vet att Belle är mycket speciell och att hon vet saker andra inte vet. Imorgon alltså... jag tar några avgrunds-djupa andetag och riktar mina steg mot Norran, en park i vinterskrud. Skånsk vinterskrud. Det vill säga gråbrun och i avsaknad av den vita gnistrande snön. Jag pluggar i mina AirPods och sätter spellistan "The chillpill" på random. Nu ska jag gå och vara hur nervös jag vill. Det knepet kan jag testa. Att gå fullt in i känslan... eller åtminstone inte försöka dämpa den. Låta den blossa upp och brinna ut. Jag äntrar parkområdet och blickar mot vattenfåran till vänster. Play.

"Singin', don't worry, about a thing
'Cause every little thing, gonna be all right

Rise up this mornin'
Smile with the risin' sun
Three little birds
Pitched by my doorstep
Singin' sweet songs
Of melodies pure and true..."

Allt går väldigt snabbt. En kråka går ner för landning alldeles intill mig, studsar fram till vattendraget och gör en slags graciös dykning med näbben och fångar upp vatten och släcker sin törst. Märkligt, tänker jag, har aldrig sett en kråka dricka. Tänker på kråkan som nyss flög in i mitt fönster. Är det samma? Eller en annan?

"Sayin', "This is my message to you, whoo-hoo..."

Paus! Jag är inte dum. Jag fattar att nu... nu jävlar har universum ledtrådar åt River Tyre. Jag stannar till kort, pausar musiken och googlar upp *"kråka - djurens språk"*. Fortsätter gå medan jag läser:

Kråkan symboliserar kreativitet, den inre världen och magi. Om din värld verkar svår och problemfylld så är det bara för att du inte upptäckt magikern inom dig.

Kråkan symboliserar historiskt sett (inom vissa kulturer och traditioner) det eviga livets cykel, kretsloppet.

Okej. Hmmm. Universum vill förbereda mig inför morgondagen. Har jag en oupptäckt magiker inom mig? Nice! Och livets cykel ja... krukväxter kommer och går. Kråkorna är överlevare de med...

som alla andra varelser. Växter, som djur, som människor, som preppers och....

"Bump!" Jag bokstavligen snubblar över en död kråka. Den bara ligger där på grusgången alldeles intill kyrkogården som är belägen i anslutning till Norran. En obegravd död kråka på en stig som löper bredvid en stor mängd begravda Homo sapiens. Nu blir det för mycket för mig. Risk för överhettning. Visst, jag tillät mig i princip få härdsmälta för att låta allt brinna ut, men jag kan ju åtminstone få sätta mig ner när jag går upp i flammor. Jag landar på en smidesbänk fyra steg bort från den döda kråkan. Försöker göra mig smal så att rumpan klarar sig från fågelskitarna som dekorerat mer än hälften av det svarta smidet.

Först en kråka som smällde rakt in i mitt fönster, vinglade runt, tuppade av, men sen eventuellt kvicknat till och flugit vidare. En kråka som håvade i sig vatten för glatta livet. För att överleva. Och så nu ligger det en död kråka på en gångstig. Stört! Jag lutar mig tillbaka och ber en stilla bön att allt ska klarna för mig. Slår på musiken igen.

"Singin', don't worry, about a
thing..."

Den slumpmässiga tröstande låten... Slumpmässiga? My ass... jag tror inte på slumpen. Det finns ett meddelande i allt. Precis allt. Tre kråkor. Three little birds with a message for me... Livets cykel. Mr. Murgröna har bytts ut till fröken Julstjärna. Med alltmer desperata metoder utökar pappa sitt prepperförråd inför världens undergång. Klockan visar 11:11 och jag ska imorgon minnas något som är av stor vikt. Överlevnad. Livets cykel. Don´t worry about a thing. Det knastrar i hjärnan. Jag blundar en stund.

"...every little thing´s gonna be alright..."

Jag slår upp mina gröna och ser omedelbart ett naket träd som stirrar på mig. Ett mindre träd med buskigt grenverk. Ett par glasögon är upphängda bland de grå grenarna och det är som att trädet tittar rakt på mig.

"Singin', don't worry, about a thing Every little..."

Bob Marley & The Wailers - Three Little Birds
Lyrics: Bob Marley

Han står stadigt förankrad i Moder Jord och observerar livets skiftningar, levande kråkor, döda kråkor, ångestfyllda pojkar på fågelskitsinklädda smidesbänkar. Han är kolugn och inväntar en ny vår då hans knoppar åter ska slå ut i blomster och blad.

Jag lägger märke till att min puls lugnat sig och att mina mungipor pekar uppåt mot de grå puffmolnen. Jag reser mig och skyndar mina steg hem via en genväg. Hem mot gula degpuffar som ska slinka ner i magen min. Bli en del av kretsloppet inom min kropp.

6. TAYGERS PROFETIA

Lördag 12 december 2020

Tayger Tyre, fem år, det lilla knytet med de stora kloka ögonen som med bara en blick kan få mamma att varva ner från hundra till noll. Och det säger inte lite. Även om vi andra är speciella på vårat vis, med våra superskills, så skulle jag nog vilja säga att han är den allra mest speciella i våran familj. På ett creepy vis. Han är konstig i den bemärkelsen att han tycks kunna läsa tankar, för ibland har han drömt om sådant jag tänkt på dagen innan. Det är sådana tillfällen jag dels undrar om det kanske ändå är så att jag kan se in i framtiden. Dels kan det bero på att han snappat upp mina tankar och att dessa sedan på ett eller annat twistat vis har spelats upp i hans drömmar. Mamma är väldigt noga med att skydda honom ifrån läskiga filmer så jag vet inte var han skulle få sina domedags-drömmar ifrån om inte just ifrån mina tankar. Blandat med hans egen fantastiska fantasi... eller så är han synsk. Jag har bett Belle om ett utlåtande. *Who is that boy?* Men hon kniper, svarar alltid att det ska jag snart komma ihåg. Han är i alla fall som en vandrande mini-Buddha som sprider ett totalt lugn. Han har förmågan att genom små kloka kommentarer och ärliga ord få folk att häpna, vakna upp till en högre insikt. Han ger komplimanger från hjärtat och att sitta nära honom i soffan eller krama honom är som att få en djup transformerande läkning och fyllas på med miljoner ton kärlek och frid. Jag älskar honom. Min lillebror.

Jag har funnit ett lugn igen efter kråk-strapatsen, och mina lugn och ro-hormoner frodas än mer av smaken och konsistensen av mjuk saffransdeg i min mun.

"Jivvå... vet du vad?" frågar Tayger när vi sitter mittemot varandra och rullar ormar av saffransdegen. Mamma lägger bakplåtspapper på plåtar, pappa lusläser bäst-före-datum på russinpaketet. Mumlar något om högoktanig energi från Edens lustgård. Jag njuter av den korta stundens frid jag upplevt för jag anar nu att Tayger ska berätta något som i stället kan öppna en kran till min övertänkningstank. Även om denna ängel har förmågan att lugna så är vissa av hans uttalanden och drömmar lite creepy.

"Bring it on." säger jag och tar ett djupt andetag.

"Jag djömde att ett långt tåg, det va helt lila... det kom och hämtade massa massa barn... och jag mä... mammojnna och pappojnna lämnade alla barnen...och sen åkte det iväg, men inga föräldrar kom och hämtade barnen sen." Hans lilla ansikte är alldeles bedrövat.

"Vart åkte det här lilla tåget Tayger?" frågar pappa som raskt satt ner russinpaketet och alert och intensivt riktar all uppmärksamhet åt den synska lilla pojkens profetior. Jag har på känn att detta livar upp hans domedags-neuroner. Livar upp säger jag ty de sover aldrig. En prepper är en prepper. 24/7. En överlevare. En som alltid är beredd på domedagen. Det är inte så att jag kan läsa tankar, men jag känner pappa och anar att han precis som jag förstår att Tayger drömt något som kan bli verklighet om allting skiter sig och utomjordingarna kommer och hämtar barnen av Homo sapiens, för bort dem mot tryggare platser när denna värld går upp i lågor. Typ. Sanna frälsare. Det måste vara detta som drömmen ger varsel om. Min pump går i spinn. Min hjärna likaså, och under tiden jag flyr upp mot rummet hör jag Tayger svara på pappas fråga:

"Långt. Långt iväg pappa. I jymden."

"River river, my life is in a mess
My future is as back at the clouds..."

Public art - River
Credits: Doug Lauren, Nosie Katzmann, Torsten Fenslau, Raquel

Precis när jag har skakat loss mina stresshormoner till låten om mig, *River River my life is in a mess...* Låten om the River... Do not try to steer the river. Ingen kan styra The River, floden. Men fan alltså att The River inte ens kan styra sig själv och sin egen jävla ångest. Denna dag har varit förjävlig må jag säga, och jag vill egentligen bara brista ut i gråt. Är detta min ADHD eller den milda autismen, eller allt ihopa? Eller inget av det? Eller är jag bara född med svaga nerver? Eller är det som Belle säger en släng av dålig självkänsla, en vilsenhet i vem jag verkligen är... som messar upp mig? Nåväl, imorgon ska jag ju komma ihåg. Då borde allt falla på plats och ångesten

falla bort. Hoppas det verkligen är så enkelt. Och att...
"PLING!" Äntligen svarar Belle.

> *Tack River. Grattis till dig med.*
> *Du var först! Flightmode-way. Bästa*
> *presenten. Slängkyss. Blink. Kram.*
> *Sorry för sent svar. Har hjälpt Jill baka*
> *tårta. Kommer du över senare och*
> *smakar? Yours truly bestie starseed-*
> *partner in crime.*

Jag avlägger ett sådant förlösande skratt utan dess like. Hon har svarat i samma anda som mig. Och jag som oroade mig för hur hon skulle ta mitt blaffiga sms. She gets me.

"Suck." En avslappnad, skön suck. Jag får tårar i ögonen och en värmebölja breder ut sig i min kropp. Jag ler och dörren öppnas.

"Är du redo att fortsätta?" frågar mamma. Hon vet hur jag funkar och låter mig pausa och gå undan när överhettning är ett faktum.

När vi återgår till lussebulle-baket nämner mamma *The Great Conjunction* som kommer inträffa den 21:e december på självaste vintersolståndet.

Jupiter och Saturnus kommer stå i linje och bilda en otroligt vacker Betlehemsstjärna på natthimlen, en syn vi inte sett på cirka 800 år. Hon är exalterad men gräver fort ner sig i negativa tankar och pessimistiska uttalanden i form av oddsen för moln. Pappa håller upp en hand och föreläser:

"Moln eller ej, så kommer vi att KÄNNA när detta sällsynta fenomen äger rum. Jag har mina källor på att denna konstellation när gigantiska planeter radar upp sig pulserar en särdeles kraftfull elektromagnetisk energi mot jorden under årets mörkaste natt. Under tre dagar av mörker... innan ljuset återvänder. Return of the Sun... the son of God... Jesus... det är en metafor. Jesus som föddes under Betlehemsstjärnan. Hmmm... och nu kommer ljuset... energin från rymden... det borde betyda nåt gott...men jag har mina aningar att..."

"Stopp nu Björn!" ryter mamma och tittar menande på pappa, sen på mig. Hon vill inte att jag får fler ångestattacker. "Inga fler sömniga domedags- profetior innan jul. Tack! Det är allt jag önskar mig."

"Du vet att denna björnen han sover inte..." mumlar pappa och lägger en saffrans-ris-säck på plåten. Hälften av russinen som bildat ordet RIS faller av och han stönar ljudligt.

Jag vet inte om detta är den bästa miljön för en ung man med ångest-problem, och utan att veta hur det gick till sitter djävulen på vänstra axeln som viskar i mitt öra ett litet tips och jag nappar. Ska ändå fly. Jag vill till Belle. Jag vill ha harmoni. Och äta tårta.

"Klappat och klart." säger jag och lägger min sista skapelse på plåten. Den ska föreställa en julklapp. Den är kvadratisk och det räcker för mig, men mamma pekar frågande på den. Innan hon hinner släppa en kommentar i stil med att jag kan bättre så släpper jag en bomb. Tittar på pappa som tålmodigt petar tillbaka sina högoktaniga energirussin på sin skapelse.

"Kanske kattmaten i prepper-förrådet fäster bättre."

Till ljudet av mammas röst som skär i luften, pappa i försvarsposition hållande sina prepper-sköldar stabilt, lunkar jag sakta uppför trappan för att förbereda mig inför avfärd till Belle. Sakta sakta. För att tvinga kroppen till att tro att jag är ko-lugn trots att hjärta och hjärna spinner. Ännu ett sätt att bryta en ångest-attack. Låååååångsamhet. Det kommer att hända något den 21:e. Känner det i hela kroppen.

7. BELLES HINT

Lördag 12 december 2020

Dörren är stängd och låst. Rutger ruvar någonstans djupt inne i hålträdets mörker. Jag står framför spegeldörren, slätar till t-shirten över bröstet. Stryker näven rakt över de retroslitna bokstäverna. Nirvana. Jag klär bra i den blekta svarta nyansen. Framhäver mina ögon om jag får säga det själv. Jag suger in magen en bit, drar åt skärpet och flyttar in spännet ett hack. Drar fingrarna genom mina lockar. Rättar till. Det ser bra ut. Påminner om INXS-sångarens hår. Axel-långt, ljusbrunt, lockigt. Friskt och glansigt. Måste bero på osten. Ska jag ha det utsläppt eller sätta upp en svans? Utsläppt får det bli. Och så även magen. Det funkar inte att hålla in. Jag spänner ut skärpet igen och pustar högt. Tar några djupa, djupa andetag. Ser mig bestämt i ögonen.

"Jag duger, jag duger, jag duger!"

"Jag är nu fri från behovet av ångest, nervositet och övertänkande."

"Jag litar på att livet bär mig."

"Livet är en tillfällig asball episod i evigheten."

"Det finns inget att vara rädd för."

"Allt är som det ska."

"Jag ger mig ut i livet med lätthet."

"Jag begränsar mig inte och jag förminskar mig inte."

"Jag duger, jag duger, jag duger oavsett prestation, oavsett hur jag ser ut."

Jag sluter mina ögon och slappnar av fullständigt. Ut i varenda del. Naglar, hår, panna... in i varenda organ... allt. Jag är totalt ko-lugn. Kontroll-känner över höger byxficka. Två mini-Babybel-ostar säkrade. Jag är redo att bege mig.

Decemberluften i mina lungor, gitarren på ryggen, presenten i vänster vante. För tillfället ett gott självförtroende och ett brinnande hopp om att jag inte ska freaka ur om Belle skulle nämna något om diverse märkliga saker som ska ske inom närmsta tiden. Saker utom min kontroll.

"Jag är nu fri från mitt kontroll-behov." nynnar jag i mitt inre när jag ringer på. Fäster blicken på den vackra julkransen på dörren. Så vacker i sin plastiga hållbarhet. Den har hängt med många jular. Jill, Belles mamma, är ensamstående och sjukskriven i utmattning sedan många år och då får man spara in på vad som sparas in på kan. Som vanligt sträcker jag fram höger hand och drar med fingrarna ett helt varv runt den. Medurs. En slags tvångsgrej jag tampas med. Ritualen ger mig och Belle ytterligare ett helt år tillsammans. Som vänner. Som vi varit sedan dag 1 på denna jord. Ett helt solvarv. Känns bra. Då var det gjort för detta året. Aaah.

"River! Heeej!" välkomnar min truly bestie starseed-partner in crime när hon öppnat dörren. Hennes indigo-blå ögon sprakar. Ljuvliga dofter svajar ut från huset, rakt in i mitt matlust-sinne. Det långa mörkbruna håret är uppsatt i en svans högt upp på huvudet. Ingenting av hennes vackra ansikte döljs och hon ler med hela sin varelse. Jag känner mig svag inombords. Jag såg henne senast igår i skolan och då kändes det inte så här. "Skärp dig River." bannar jag mig själv. Säkert bara nervös för att jag ska sjunga och spela låten som mamma tydligen tyckte lät förjävlig. "Sabba nu inte det innan du ens kommit in genom dörren. Fokus."

Jag sträcker fram den i violett papper inslagna canvasmålningen. Det är ganska svårt att packa in en rund tavla utan rynkor och knölar och massor av tejp. Jag ler extra brett för att ta fokus ifrån mina bristfälliga inslagnings-skills. "Grattis."

Vi utbyter en "fuck-the-corona-rules-kram" och hon bjuder in mig i köket.

När Belle öppnat presenten och prisat den och tackat mig med tårar i sina vackra ögon och den ligger där på bordet bredvid julmust-flaskan och bara skiner ut all sin skönhet medan vi sitter och njuter av tårtan i form av en saffranskladdkaka med små spritsade puffar av vispad grädde, strösslad med kardemummakärnor, och jag samtidigt döljer min besvikelse över att det inte blev smörgåstårta med femton sorters ostar och ostbågesmulor på sidorna påminner jag mig själv om att jag måste lära mig att sluta förvänta mig saker, ting och tårtor...

"Jag är nu fri från behovet att förvänta mig hur något ska bli. Jag flyter med i livet och njuter av vad som bjuds."

"Vad tänker du på?" frågar Belle. Hon ser att jag är på tankeflykt. Egentligen vill jag inte ta upp vad som pratats om hemma vid lussebaks-bordet och om mina kråk-och circle of life-observationer, barn som åker iväg i lila tåg, pappas mer och mer desperata prepper-artiklar, alla mina breakdowns jag redan haft denna dag, men jag vill heller inte säga att jag precis känt besvikelse över tårtan och inombords har en intensiv session med min inre psykolog, så jag får med risk för mentalt haveri och ångestpåslag som förmodligen pajar mitt inom kort planerade sång-uppträde välja att berätta om dagens upplevelser. Nåt får jag ju säga liksom.

Hon ler milt hela tiden jag berättar, nickar och bekräftar att hon förstår, lägger en hand på min och kramar den. Den är varm och trygg. Och magisk. För det löper som en flod av lugn-och-ro-hormoner upp genom min arm och ut i hela kroppen och knoppen. Hon fäster sina blå i mina gröna och det är som att jag får en sneak-peak på morgondagen. Då när jag ska minnas. Kort kort kort, mycket kort får jag en välbekant känsla. Jag kan inte beskriva den och jag tänker inte ens försöka. Men det är något jag känner så väl igen.

"Kom, jag ska visa vad jag fick av Jill." uppmanar Belle, reser sig, griper försiktigt tag i målningen och lämnar tallrikar, tårta och allt på bordet. Jag böjer mig efter gitarren jag placerat uppåt väggen alldeles intill och följer efter. När vi går mot hennes rum kan jag inte hjälpa annat än att fundera på varför hon inte sade något angående varken den där energin som ska stråla mot jorden den 21:e eller Taygers creep-dröm. Kanske hon genomskådade mig och liksom bara visste att det jag egentligen satt där och tänkte på var just frånvaron av en smörgåstårta. Kanske hon kan läsa mina tankar. Skulle inte förvåna mig. Den skamsna känslan kryper sig på igen.

Hon går rakt fram mot sängen, sätter sig på knä och hänger upp tavlan på en för-inspikad spik. Som om hon visste att hon skulle få en målning. Är jag så förutsägbar?

Hon tar ett steg bakåt, lägger huvudet på sned och sätter händerna i midjan.

"Jag älskar den River. Är det Ganymedes?"

"Gany-what?"

Hon fnissar och vänder sig mot mig. "Just det, du har ju glömt." plirar hon. "Ganymedes är den största av Jupiters månar och den största månen i hela solsystemet. En planet av vatten och is. Oceaner under tjocka täcken av is. Undrar om där finns liv?" blinkar hon och ler finurligt.

"Coolt." andas jag. Coolt att jag undermedvetet avtecknat en måne med eventuellt liv på, en måne som cirkulerar kring en planet som om några dagar ska lajna upp sig med Saturnus och dränka jorden i domedags-energier. Jag är kanske lika synsk som Tayger. Och så pappas survivor-instinkt på det. Och mammas ångest-nerver. No! Not again!

"Stopp!" Belle skyndar fram. Förmodligen ser hon paniken få grepp. De händer hon precis haft om sin egen midja håller nu ihop mig. Alltså inte via en kram, vilket hade varit att föredra, utan de greppar tag om mina överarmar.

"Tänk nu inte för mycket." säger hon till en ADHD´are med hyperaktiv hjärna. Hon hjälper mig att alternera tankar och vänder sig mot skrivbordet, greppar något, vänder sig tillbaka och håller fram en lång svart sten fäst i ett snöre.

"Svart turmalin."

Jag tar den i min hand och roterar den. Drar fingrarna över dess räfflade yta. Den ser ut som en slags nyckel. En lång stav med unik yta.

"Den lugnar panikattacker. Men framför allt så skyddar den mot onda krafter, blockerar negativ energi och psykiska attacker. Den renar all negativ energi till en ljusare lättare energi och vibration. Den är grundande, den balanserar och skyddar alla chakran. Och så skyddar den mot elektromagnetisk strålning."

Jag ska precis till att säga tack, och i tron att den är till mig göra bort mig, när hon säger att hon fick den av Jill.

"Den kan komma att behövas." säger hon och tar den ur mitt grepp och trär den över sitt huvud, boxar mig mjukt på axeln och fnissar. Jag väljer att tolka det som att hon driver med mig. Jag orkar inte med mer ångest nu. Har inte råd med det. För nu är det dags för mig att leverera min andra present.

"Shut up!" väser jag skämtsamt och pekar bestämt mot sängen. "Sätt dig. Min tur att plåga dig." Hon skrattar förtjust och kryper upp mot väggen alldeles under Jupiters måne medan jag samlar mig och slår mig ner med Gibson i skrivbordsstolen.

Kopplar fingrarna mot rätt strängar, känner in, skickar impulser till foten som börjar vippa takten.

"Don't ask me
What you know is true
Don't have to tell you
I love your precious heart

I
I was standing
You were there
Two worlds collided
And they could never tear us apart..."

INXS - Never tear us apart
Credits: Michael Hutchence, Andrew Farriss

Ja, det tog mod ska jag meddela att sjunga de raderna. *I love your precious heart.* För jag menar det faktiskt. Jag kamouflerar ett meddelande från mig själv via en låttext. It is the perfect crime. Hon kommer inte att förstå, bara tro att jag sjunger en random låt. Det är vad jag hoppas. Jag tittar upp efter att jag satt ner Gibban. Först nu vågar jag se hennes reaktion och komma ur mitt hyperfokus.

Hon torkar bort några tårar, är lite rödsprängd i ögonen och jag blir förmodligen röd ända upp till öronen. Hon tyckte det var vedervärdigt och jag har gett henne öroncancer med min målbrottsröst alternativt skämt ut mig angående den kamouflerade kärleksförklaringen. Hjärtat rejsar omedelbart.

"Alltså wow!! River!" utbryter hon. Får ett sådant uttryck i ansiktet som man får när man ser en fluffig kaninunge vinka. "Du måste ju ha övat på den jättelänge."

Om hon visste hur rätt hon har. Jag har lagt en hel del energi på den ja. Jag svajar lite på huvudet. "Sådär." Drar mina fingrar genom lockarna.

"Du är ju som en mini-Michael Hutchence. Han var såå snygg."

Min röda ansiktsfärg har nu nått ända upp till hårfästet. "Joomen... ja... eh jag menar tack. Fast jag har ju inte bruna ögon dock. Och så har jag lite mer formen av en Cheese-ball." bräker min nervösa röst.

"Haha... näää... sluta nu döma dig själv." skrattar hon och reser sig, tar sin mobil för att kolla tiden. "Du sänker dina vibrationer när du dömer och skam- och skuldbelägger dig." Hon vänder sig mot Ganymedes igen och mumlar något för sig själv. Jag som har superhörsel tror... jag säger tror... jag tror och tycker att det låter som *Du är världens finaste*. Men så har jag förutom superkänsliga sinnen också en vild och galen fantasi.

"Ska du iväg?" frågar jag.

"Ja... Jill är iväg och hjälper en väninna att hämta ut och lämna in PCR-test. Hon borde strax vara tillbaka och sen ska vi iväg och handla lite mat till ikväll. Jag lovade att hjälpa henne. Hon behöver spara på krafterna för imorgon ska vi åka till Helsingborg. Tåg i och för sig så hon kan vila ögonen..."

"Helsingborg?"

"Ja... jag vet." Hon suckar och ser trött ut. "Vi skulle egentligen inte dit, men så insisterade hennes faster på att vi måste komma. Hennes kusins son ska döpas och man får ju bara vara åtta och hälften av de bjudna har symptom och kan inte komma och nu vill de ju gärna inte ställa in, utan de hade oss på reservlistan och så blev där en öppning och ja... du vet... Jills peoplepleasing-ådra ligger kvar och pulserar. Dessutom vill hon så gärna ut i världen och socialisera men priset hon får betala är att ligga pall i flera dagar därefter."

Jag nickar förstående, trots att jag inte helt och fullt förstår hur det är att vara riktigt utbränd. Själv känner jag mig ofta någorlunda utbränd. Antar att det inte är detsamma, men dock ett varningstecken.

Konstaterar dock att jag inte vill dit. Till den riktiga utbrändheten.

"Då kommer du inte över till mig imorgon och äter tårta?" lipar jag och hänger komiskt ut underläppen för att lätta upp stämningen som hastigt dalade.

"Nix, tyvärr." kvider hon och tittar på mig med sorgsna ögon. Men snabbt lyser de upp.

"Meeeen! Jag kommer att lämna en present i din brevlåda imorgon bitti. Don't forget to look."

Det spritter som sockerdricka i mitt inre. Jag älskar presenter. Kanske det är ost. En lyxbricka med det gula guldet. Skulle inte vara helt omöjligt. Det är ju vinter menar jag och ost klarar sig i brevlådan tills postlådeinnehavarna nu än mäktar att masa sig ut genom dörren. Värre hade det ju varit på sommaren. Då hade jag kunnat lägga denna fantasi åt sidan rent förnuftsmässigt. Men nu finns det en chans. En chans för ost.

"Du är bäst!" slänger jag ur mig och plockar ihop mitt. Det är dags att bege sig hemåt.

När vi står vid ytterdörren och ska skiljas åt dagen före dagen då jag ska börja minnas sväljer jag hårt undan min ängslan. "Vi ses på måndag då?"

"Ja, och vi hörs av imorgon." lugnar hon. "Det är bara en sak till jag måste berätta idag River..." Hon tittar allvarligt på mig.

"På måndag kommer det att komma en ny elev i klassen."

"Jaha? Men va...? Så här precis innan jul? Men Jerker har ju inte sagt nåt...?"

"Nej, det har han inte... men jag vet. Det är en av de sakerna jag minns." Hon är fortfarande gravallvarlig och jag hoppas på att hon närsomhelst ska boxa mig på axeln igen och att allt bara var på skoj.

"Om den här eleven dyker upp... då eh...

alltså... om han kommer... då finns det lite jobb åt oss om man säger så..." Jag ser hur hon liksom stukar tungan. Själv säger jag nada. För jag är paralyserad.

"Och..." tillägger hon. "...var beredd på att vissa människor i din närhet kan komma att börja bete sig märkligt imorgon... när du fyller tretton." Hon hostar till, tittar medlidsamt på mig. "Men eh... jaaa... titta i brevlådan imorgon så eehh... så klarnar det." Jag har aldrig sett henne så här obekväm i sitt eget skinn. Jag nickar tacksamt och går stumt hemåt.

8. FRÅN LJUS TILL MÖRKER

Söndag 13 december 2020

Klockan är 5:55 och jag är full av pissemyror. De springer runt och biter mig invärtes i mina ådror och det känns som det där trädet med brillor träffats av blixten och stupat knall och fall över mina andningsvägar. Jag tar mig instinktivt på halsen men där är inget träd. Såklart. Bara en äcklig panikattack som florerar och härjar. Hela natten har jag kastat mig av och an under mitt billighets-värdelösa- fibertäcke i gulnat material som jag envisades med att behålla trots att mamma föreslog ett tyngdtäcke. Idiot kallar jag mig själv och det gör ont i bröstkorgen. Jag kunde haft ett i reserv åtminstone, min envisa jävla åsna. Denna natten har varit den värsta på lääääänge må jag säga. Har haft en del sömnproblem hela livet och jag har anammat vissa rutiner som faktiskt brukar hjälpa.

Som att inte glo i mobilen en timme innan läggdags. Brukar kunna hålla det 22 procent i alla fall. Sen dricker jag min varma honungsmjölk varje kväll. Heavenly gott. Plus en egen uppfinning ingen annan vet om och det är att skicka alla jobbiga tankar, personer, upplevelser jag haft under dagen och så vidare... upp som svarta ballonger... upp till Molnmannen, my homie... så håller han de åt mig under natten så att jag kan få peace and quiet. Men inatt så verkar han ha tagit semester. Förstår honom. Han har haft det intensivt, men jag hade verkligen behövt hans hjälp inatt. Natten innan dagen då jag ska minnas och allt ska förändras. Jag hade behövt kraften. Jag nästan börjar lipa för jag tycker så synd om mig själv. Och det ska man få göra också. Man behöver få lov att rulla sig i känslorna fullständigt och inte sopa dem under mattan. Bara känna fullt ut... då kan de också lämna en fullt ut. Jag sätter mig upp på sängkanten och faller framåt i en eländig position. Armbågarna mot mina ben och mitt rufs i mina händer. Ser ingenting i det täta mörkret. Rafsar med tårna mot trasmattan. För in dem alldeles under kanten och vippar den upp och ner. Mattan är ganska tung. Hmmmm. Jag med min kreativa hjärna får en snilleblixt. I mörkret fumlar jag efter bästa förmåga och får upp trasmattan över mig i sängen. Tada!! Jag har ordnat mig ett tyngdtäcke. Efter att ha legat tryggt insopad under mattan en liten stund märker jag att pissemyrorna farit till skogs, tagit trädet med sig och rytit åt Molnmannen att omedelbart infinna sig på sin post. Jag ler åt min egen genialitet, slappnar av och somnar.

Tack vare mitt högkänsliga nervsystem, mina skarpa sinnen, hör jag familjen tassa upp längs den vitlackerade trappan. Klockan lyser 9:11. Snabbt som en visslande nyårsraket välter jag ner mattan på sin plats, hoppas den ligger någorlunda, och kastar ner mitt huvud mot kudden igen och låtsas sova.

Efter en stund sitter jag lycksalig med en tår i ögat när jag låter första utstansningen av den vackraste och mest väldoftande ostarnas-ost-smörgåstårta-River-special-från-Heaven ever sammansmälta med mina sinnen. ÅÅÅÅÅÅÅÅHHHHH!!! Jag sluter mina ögon och tackar alla kor, farmare, mjölkbilsförare, uppfinnaren av hjulet, vägasfalterare, ostindustri-lokals-arkitekter, och så vidare... ALLA inblandade som bidragit till min i nuet underbara, helt underbara upplevelse. Det här var den bästa presenten och det oslagbart bästa plåstret på mitt stora blödande ångest-sår. Bredvid mig på täcket ligger den nya svarta hoodien och kortet där det står textat att swish med 1000 svenska riksdaler är på ingång. På sängbordet trängs ett ölglas innehållande apelsinjuice och 13 isbitar med väckarklockan, mobilen och THE OSTPYRAMID. Specialkomponerad av ostmästare Björn Tyre. Alla mina gener som kommer från denne legend vibrerar av stolthet när jag låter min hand heligt färdas över hela skapelsen. Där finns precis alla sorter jag älskar och det kan inte ha varit billigt. Jag tittar på kortet, de 1000 kronorna och hoodien. Ser Ipaden vinka "En annan gång River." Tänker på Belle som bara fick en kristall i snöre av Jill.

"Den bästa presenten för mig River, det är att Jill inte lever över sina tillgångar. Att hon börjar lära sig att balansera all energi, både sin egen och pengarnas energi. " hade hon sagt igår när hon visade mig presenten och jag frågade vad hon mer fått än den där märkliga stenen. Jill har varit sjukskriven i utmattningssyndrom i flera år och de två lever på existensminimum. Men det börjar vända nu enligt Belle. Jill börjar förstå hur allt hänger ihop. Att allt är energi, och att allt hänger ihop. Om man ger mer än man har kommer man alltid att ligga på minuskontot

och stå i skuld. En inre stress som gnager på ens själ. Vilket sänker ens hela väsen. För att ta sig ur utmattning och bitterhet och skuld behöver man stå upp för sig själv och sitt konto och säga NEJ. Just nu har jag varken energi eller pengar eller lust till ditt eller datt. Sist hade hon tittat mig milt i ögonen och sagt åt mig att alltid vara mån om mitt energikonto. Säga nej om jag inte har lust eller energi. För vi indigobarn, ADHD´are, alla stjärnfrön som liksom har en hög frekvens, känselspröt åt alla håll och kanter och tar in allt sorl, vi ser och känner så mycket mer än de flesta andra... för oss är det väldigt viktigt att redan som barn styras av från fällan att man måste passa in, foga sig, kämpa och leva över sina tillgångar. Vi behöver också mycket mycket mer tid i stillhet, med bara oss själva för att smälta alla intryck, sortera. *"Vakta ditt energikonto River. För din energi är här för att förändra världen. Låt den ej dimmas. Vakta den såsom en stor vacker vit eldsprutande drake vaktar sin unge, sin skatt, sitt liv."* Hon är så klok, min Belle, ööh min vän Belle. Jag ler i sänglampans sken, till ostarnas skimmer, den lilla bit av smörgåstårtan som nu återstår och till förväntans pirr. Jag undrar vad Belle lämnat i vår brevlåda. Stärkt och laddad av min oförglömliga födelsedagsfrukost klär jag på mig min nya hoodie, ett par grå mjukis och ullsockar. Öppnar översta skrivbordslådan och förflyttar två mini-Babybel ner i höger ficka. Pratar lite förtroligt med Rutger som smackar glatt och plaskar i sitt vattenhål innan han åter kilar in i hålträdets mörker. Han är introvert precis som jag och för mycket umgänge är dränerande. Han är en bra förebild. Han vaktar sin energi. Det smöras och people-pleasas inte minsann utan det är lusten och energin som styr. Raka rör. Jag märker att jag fnissar och har en lättsam stämning i kropp och sinne. Denna dagen har gått bra hittills må jag säga, om man räknar bort natten. Och det gör jag.

Jag passerar förbi vardagsrummet. Mina fötter förflyttar sig fram på den mjuka färgexplosiva mattan. TV:n alstrar artificiellt ljus och det skrålar ut någorlunda behagliga toner. *Staffan var en stalledräng. Stalledräng stalledräääääääng!* Resten av familjen sitter hypnotiserade i soffan. Själv bryr jag mig inte om sådana tramsiga traditioner. Jag tycker rent utav att det är sjukt skumt hur folk håller på. På julafton firar de Guds sons födelse genom värsta styckmordet på julborden. Grishuvuden med det röda äpplet i munnen, den förbjudna frukten från kunskapens träd liksom. What the fuck? På påsken kommer en muterad megahare och lägger ägg i trädgården.

Göder barn med det vita knarket. Socker, socker och diabetes. Och på midsommar reser de en upp och nedvänd megasnopp, och hoppar som lustiga grodor runt, runt, runt. Och så ska de äta sill, ägg, korv och allt annat hittepå som någon annan bestämt. Vare sig de tycker det är gott eller ej så följer de det slaviskt. För så har det ju alltid varit. Det är tradition. Det ger trygghet till vilse yrande människor som inte vet vilka de i grund och botten är. De spelar med i en jävla fars är vad jag tycker. Nickedockor. Puppets on a string. Och så tycker Belle också. Såna som vi är här för att klippa de där osynliga snörena som folk styrs av. Få dem att fatta hur ofria de är. Få dem att vakna. Vi banar vägen. We are the heroes of our time. Stjärnfröna. Än en gång ler jag varmt. Det är guld värt. GUUULD!!! Att ha någon som är på samma plan som en själv. Man känner sig mindre ensam.

Framme vid ytterdörren greppar jag min svarta North Face-jacka. Jag planerar att stanna upp vid brevlådan medan jag sprätter upp paketet och läser kortet jag förmodar Belle har bifogat. Min överbelastade hjärna kommer behöva läsa om raderna ett par tretton gånger. Förmodligen. Kan ha lite svårt med koncentrationen. Speciellt i obekväma situationer. Och meddelandet från Belle, som nu strax kommer att attackera mina någorlunda harmoniska nervbanor och bjuda in till en slags stresshormons-festival med ångestindränkt sockervadd och spikklubbe-tango, skvallrar min inre röst om att den är just det. Obekväm. Well. Det jag ville ha sagt var att jag känner mig själv och jag kommer att stå där ute i decemberkylan en stund och är klok nog att inte dra på mig en förkylning i onödan och bli tvingad att peta in corona-testing-tops långt upp i hjärnan. Därav jackan. Annars hade denna viking kunnat gå ut i bara kallingarna. Men. Som sagt. Alla former av corona-virus eller nedkylningar håller jag på avstånd.

Sakta lyfter jag locket. Hjärtat slår snabbare och ögonen landar på ett rektangulärt paket i storlek av en tändsticksask modell större. Inslaget i ett begagnat ljusbrunt blomster-inslagningspapper. Nästan som min hårfärg. Det är lite skrynkligt, men jag ser att Belle gjort vad hon kunnat för att släta ut det. Jag skakar den såklart och någonting litet men tungt rör sig därinne. Jag håller den stilla i mitt grepp en kort kort stund och sluter ögonen. Tar ett djupt andetag. Men nej. Jag kan med min inre syn inte ens få till mig en bokstav. Det minsta man kunde begära är ju att få en ledtråd. Men det enda som ekar i min primitiva del av hjärnan är att det inte blev nån ost. En bil svänger in längre ner på gatan och kommer emot mig. Det är "Bengt på backen" i sin firmabil och jag vänder mig diskret inåt uppfarten och går i snigelfart några steg mot huset igen medan jag klär av paketet och blottar innehållet. Jag hade rätt på en grej. Bingo! Det är en tändsticksask modell större och jag ler åt min förmåga. Petar in ett finger i ena sidan och drar ut själva asken, stoppar ner delen med tändplånet i vänster jackficka och skyndar fram till garageporten och sjunker ner mot den kalla stenläggningen.

Överst ligger ett prydligt ihopavikt linjerat A4-papper. Mina fingrar skälver en aning när jag fattar grepp om det. Inte konstigt när mitt hjärta hoppar nervöst och dessutom fryser jag om bakdelen. Marken är smällkall, men jag måste sitta om att ifall jag skulle svimma av vad det nu än är Belle har att förmedla. Man har väl en gnutta självbevarelsedrift. Överlevare har det. Punkt. Den heliga stunden inleds och jag sluter ögonen, tar ett Buddha-andetag, lyfter pappret, öppnar mina gröna igen och stirrar ner i asken. På en droppformad blågrönspräcklig sten, mest åt det gröna hållet, fäst i ett svart lädersnöre. Påminner om min egen ögonfärg. Som att stirra in i sina egna ögon ungefär. In genom porten till sin egen själ. *Komma ihåg vem jag är. Börja minnas.* Hmmmm. Hon är finurlig

Belle. Hon kan det här med symbolik och metaforer. Jag ler och tar upp den. Den är mjuk och len, välslipad och kommer nog inte att kännas ett dugg irriterande mot huden. Jag vänder och vrider på den en stund. Känner in den. Studerar alla dess mönster. Hur det bruna och svarta i perfekt slarvig symfoni marmorerar och fläckar det gröna. Precis såsom i mina ögon. Den är verkligen jättevacker och jag översköljs plötsligt av en tsunami av känslor. Inte för att jag tycker att mina egna ögon är så gudomligt vackra utan för att... Belle har gett mig denna. Hon har gett mig en spegling av mina ögon. En spegling av min själ. Hela jag ryser. Innan jag faller alltför djupt i de allra djupaste filosofiska avgrunder så vaknar jag till och lägger tilbaka gåvan i asken och vecklar upp pappret. Biter samman läpparna. Ja tänderna med.

Happiest incarnation-day!

Grattis min bästaste modigaste superhero. River, min vackraste vän, min allra viktigaste följeslagare på denna jord. Du finner i denna ask en Afrikansk turkos. Navajofolket trodde att turkosa stenar var bitar av himlen som fallit till jorden. Denna sten från mig till dig är ett statement på att du för mig är en bit av himlen som fallit till jorden. Denna sten går även under smeknamnet "evolutionsstenen". Den verkar för att öppna upp sin bärare till sitt ämnade livssyfte. Snart skall allt klarna. Den afrikanska turkosen som gåva från en kärleksfull vän skyddar mot negativ energi och bringar lycka. Den ger även skydd mot olyckor under resor, och reser gör vi River. Varje dag, i evighet genom universum. Resan till att komma ihåg vem du är börjar idag, på din trettonde födelsedag. Precis som vi kom överens. Turkosen används även för att stärka självförtroendet, självtilliten och självrespekten. Jag vet att du jobbar på det. Intensivt, intensivt. Om du bara visste hur perfekt du redan är. Det är bara den mänskliga kostymen, alla präglingar, all vilseledning sedan dag ett på denna jord som gör det svårt. Lite småkrångligt. För alla Homo sapiens. Afrikansk turkos resonerar inom det

*tredje ögat, pannchakrat, och leder dess
bärare till större visdom, att se klarare
på allt. Annan kul fakta om denna sten
är att Tutanchamons dödsmask var
späckad av turkoser. I tusentals år har
denna sten varit en symbol för
odödlighet, makt, visdom, tur och
beskydd.*

*Häng den runt din hals så fort
som möjligt. Jag ringer ikväll, inte för
att jag inte vill ringa redan nu, men du
måste få vara helt i dina egna energier
ett tag innan det händer. Var inte
nervös River. Du visste om att detta
skulle komma. Du har bara glömt.
Stoooor stoooor stoooor varm kram från
din Starseed-bestie-friend til the very
end. But hey... there is no end to it...*

*Alien-emoji. Hjärt-emoji. Alien-
emoji. Love Belle*

Det gör svinont i häcken. Har läst om alla ord flertalet gånger. Jag lider med alla djupfrysta julskinkor som i detta nu trängs i lastbilar kors och tvärs farande på jordklotet för att hamna på julbord efter julbord. Så många grisliv som offras för denna kommande högtid då även en rödvit flugsvampsgubbe, eller ska jag kalla honom Satans Claws, delar ut fullt av onödiga giftplastgrunkor till alla skenheligt snälla barn så att de kan leka med dem en kvart femton minuter innan de förkastas till förbrukathögen. *Next!* vrålar de. *Den är tråkig. Min dopaminhalt är low. Alarma!* Liksom. Uuups, min ADHD-hjärna spann iväg. Because... detta brev gjorde mig splittrad. Hjärtat rusar, magen är som en betongtrumma och häcken värker som sagt. Pinas. Jag viker ihop pappret. Lägger det ovanpå stenen i snöret och försluter asken igen, stoppar ner den i vänster jackficka. Reser mig upp, gräver ner handen i höger mysbyx-ficka. På några få sekunder har jag två mini-Babybel i munnen och känner tröstande hormoner börja sippra ut i ådrorna. Det enda som jag affirmerar i mitt inre när jag återvänder in i huset är *Allt är som vanligt, allt är som vanligt, allt är som vanligt.* Men en annan röst skriker åt mig: *Din otacksamma jävel! Ta på dig halsbandet då! Var inte en sån feg vekling! Fatta att*

livet är på väg att förändras. Din lata jävel! Rätta upp dig!
Get a fucking grip!!!

Jag hänger av mig jackan i hallen, tränger in den mellan pappas illgula överlevnads-reflexjacka och mammas fuskpäls-kappa. Jag fattar inte varför man ska ha en fuskpälskappa om man är vegan och vill låta djuren vara. Varför ska man då fejka? Tydligen vill man ha en päls. Bestäm dig liksom. People are strange. Jag muttrar åt Homo sapiens splittrade persona. Påminns samtidigt att jag själv just precis kände mig mega-splittrad. Men den där pälskappan gör att något knäpper till inom mig. En synaps i hjärnan som kopplas till en helt ny sida av mig. Eller gammal. Bara att den legat i träda. Jag känner mig verkligen främmande bland Homo sapiens. Deras konstiga traditioner, schizofrena beteende och så vidare. Jag passar inte in. Jag drar ett djupt andetag, blåser ut precis allt jag kan. När man tror att man blåst ut allt så finns det ändå lite till. Sen drar jag in ny luft. Ett bestämt andetag fullt av pondus, mod och jävlar anamma. Jag vilar blicken på den lilla hörna av tändsticksasken som syns sticka ut från jackfickan, sträcker på ryggen och har säkert växt två centimeter till 177 cm ovan jord. Graciöst tar jag och fiskar upp lädersnöret med den afrikanska turkosen, trär den modigt men med stela läppar över huvudet, petar ner asken i min generösa byxficka och har som mål att gå upp på rummet och plinka på Gibban en stund. Öva på *666 the number of the beast* av Iron Maiden. För vet ni vad? Jag är inte rädd för någon best. Den enda besten som finns är nog fan Homo sapiens ego. 6 protoner, 6 neuroner, 6 electroner. Jag har läst någonstans att detta är den subatomiska sammansättningen för den kolbaserade människokroppen. Kan vara fel. I don't promise. Men. Det ligger mycket i det. Människan är sin egen värsta fiende. Tampas dagligen med sina egna demoner. Ett monster som tror sig stå över naturen och har förpestat Moder Jord på senaste.

Inifrån huset hörs svaga toner av Stilla natt... *"mörkret flyr dagen gryr, räddningstimman för världen slår, nu begynner vårt juuuubelår"*. Jag närmar mig den mjuka färgsprakande mattan igen och ser familjen sitta kvar vid TV:n. Jag tittar rakt in i Lucias krona. Tänker på namnbetydelsen. Lucia betyder ju ljus. Upplyst. Men hey... Lucifer, the beast, Satan... kärt barn har många namn... hans namn betyder ju också något liknande... ljusbringare. Upplysare. Jag virrar smått på huvudet åt hur korrupt religion egentligen är. Vad är sant egentligen? Alla dessa funderingar får

mig att må illa och det är som ett tryck mitt på pannan.
"Kristus till jorden är kommen, oss är en fräälsare född... "
flödar det i etern. PANG! Och allt blir svart.

9. SCENARIO ETT

Tidigare någonstans i universum

"Kära frivilliga... som en sista skarp påminnelse innan ni går ner kommer här en repris på scenarierna. Jag upprepar igen att scenario tre är uteslutet. Det måste med alla medel undvikas. Förstått?" Fastän den långa blå varelsen står långt ifrån mig i ett enormt atrium är det som att han pratar inne i mitt huvud. Hans stämma är mörk som natten, kraftfull som en vild fors, men ändock vänlig och familjär som en mamma som vyssjar sitt barn till sömns.

Jag nickar. I sinnet hör jag varelsen bredvid mig instämma. Vi tittar på varandra. Jag och 83LL. Ler och nickar synkroniserat. Jag känner mig hemma. Äventyrslustan i mig spritter. Jag älskar uppdrag. Men detta är inget lätt uppdrag, påminner varelsen bredvid mig snabbt, som om hon kunde läsa mina tankar. Och det kan hon ju, så inget konstigt med det.

Vi har varit tillsammans sedan vår gnistas begynnelse. Vår själsgnista. Som delades i tu, och här står vi nu. Jag, lite grand av en hyperaktiv rebellisk poet, hon en klok lugn dämpare. Vi behöver varandra för att funka tipptopp. Precis som kroppen behöver ett hjärta för att leva och precis som hjärtat behöver en kropp för att fullgöra sitt syfte. Tillsammans tar vi oss framåt och i dessa kroppar har vi levt i lång, lång tid. Då och då far vi ut på uppdrag. Då lämnar vi arken och våra själsgnistor inkarnerar som andra varelser. Vart än vi behövs. Men våra riktiga hemkroppar, de har vi här. De ligger som ankare i tuberna medan vi är iväg. Vi återvänder alltid när vi är klara. Denna gång ska vi till jorden. Vi har aldrig varit där förut, bara sett filmer och instruktionsklipp på hur det går till där. Där lever en skapad art som kallas Homo sapiens, vilka tydligen sjunger på sista versen. Det mänskliga experimentet ska avslutas talas det om i högre bänkrader. Skaparna är på väg att ogöra sin skapelse. För mycket står på spel. Scenario tre är runt hörnet om inget görs och det vill vi ju inte. Har vi odödliga inte dött innan så lämnar vi in då. Men samtidigt som varningar hörs angående scenario tre så kommer eko ifrån framtids-dimensionen att det måste finnas ett annat sätt. För enligt dem är scenario två värre än scenario tre. Det är som att vara dömd till ett liv i helvetet. Åtminstone för jordens framtida Homo evolutis. Det är här vi kommer in. Vi har fått i uppdrag av vår ledare att sätta käppar i hjulet för skaparna av Homo sapiens, kapa deras avslutningsintentioner och istället ge människorna aka Homo sapiens en chans. Men. Med risk för att scenario tre ändå händer om inte allt går enligt Den Stora Planen. På jorden ska vi träffa en varelse från framtids-dimensionen, en Homo evolutis. Att han existerar beror endast på att i den tidslinje vi befinner oss på nu kommer skaparna lyckas utrota Homo sapiens och skapa en ny art. En art utan känslor, utan behov, utan längtan. Och resenären från framtiden vill inte finnas. Han ska hjälpa oss att stoppa utrotningen och mixtrandet med de återstående människornas DNA. So far so good. Men något som för mig är oklart är ändå... när vi oskadliggjort "saken"... hur vet vi att skaparna inte har fler strängar på sin lyra så att säga? Well... vår ledare säger att bara vi inte får ett scenario tre så kommer vi leva vidare. Inte Homo sapiens dock. Men hey... deras själar är odödliga och de kommer att leva vidare någon annanstans, i en annan galax måhända. Men om de återföds som Homo evolutis kommer jag förmodligen att känna mig skamfylld, skuldfylld och misslyckad. Och då sjunker jag ju i frekvens och mina uppdrag tar slut. Och det vill jag inte riskera. Jag sträcker på min flexibla ryggrad och blir tillfälligt dubbelt så lång som min andra hälft. Hon bara skrattar, sträcker sig själv lika långt upp och vi gör som vi sett Homo sapiens göra när de firar något. High five. "Game on!" tänker vi i kör. Våra åtta-fingrade oktaklav- händer slappar ihop samtidigt som ledaren med sin stav drar upp ett hologram framför oss.

Tre tonåringar anländer till en specifik plats i de värmländska skogarna, planet Earth, Milkyway. Koordinater blinkar i rött. Latitud 60.3042998, Longitud 13.0413301.

De gräver fram något ur marken och gör en slags ceremoni. Den tredje tonåringen försvinner. Han slutar existera. De två återstående gräver ner saken igen och reser därefter hem. Mission completed.

"Och detta är det mest fördelaktiga scenariot?" frågar jag rebelliskt. Det verkar så tråkigt. Händelsefattigt.

"Ställer du upp eller ej?" vibrerar det i mitt huvud. Ledaren är trött på min attityd. Jag har alltid haft lite svårt för auktoriteter. Rebell långt in i själen. Min partner ger mig ett vasst finger i midjan och ber mig att tygla mig. Jag ger mig inte utan strid eller utan egna regler så jag föreslår: "Jag vill glömma allt. Precis som en riktig människa... när jag går ner. Jag vill veta hur det är att vara människa. Innan det eventuellt är för sent. Nån slags utmaning vill jag ha." säger jag och spretar ut med mina blå oktaklaver.

"Okej R1V8. Låt gå." suckar den långa blå. "Men på din 13:e inkarnationsdag, vilken kommer infalla åtta dagar innan uppdragets höjdpunkt måste minnet komma åter... pö om pö..." Han harklar sig. "Annars kommer din envishet inte att ge med sig hur mycket än 83LL påminner dig. Uppdraget kommer att misslyckas om du kör ditt eget race i blindo och spottar på uppdragets allvar."

"Tack." För tacksam är jag. Jag vill ha äventyr. Och nu har jag ordnat mig ett sådant. 83LL stirrar håglöst på mig. Hon känner mig och jag rycker lite ansvarslöst på axlarna.

Ledarens tsunamiröst genomborrar hela mig när hologrammet blixtrar till. "Och nu... Scenario två! Framtids-dimensionen VILL INTE ha detta scenario." ekar det. "Men... jag ger er möjligheten att se det som ett dugligt alternativ. Mycket tyder på att det är så här det kommer att bli. Tidslinjen existerar redan som ni vet. Skaparna är finurliga." Han sänker sitt sorgsna ansikte och tyget om hans bara skalle glider fram. "Jag skulle inte anklaga er om ni inte lyckas oskadliggöra saken i marken..."

Hologrammets blixtrande lugnar sig och scenerna från jorden spelas upp.

10. AKUTEN I HELVETET

Söndag 13 december 2020

"RIVER!! HERREGUD RIVER!! VAD HÄNDER? RIVER!??" Mamma är först framme. Hon lägger en hand på min kind. Jag vill inte öppna ögonen. Det värker som fan i mitt bakhuvud, men jag är tacksam för att mattan dämpade smällen. Det hade varit betydligt värre om jag platt fall hade kraschat ner i den snäckskalsfärgade klinkersen. Hon börjar rysta mina axlar när jag inte verkar vakna.

"BJÖÖRN! Ring ambulans! Han är medvetslös!" Hennes röst brister. Jag flyttar upp ena handen till mitt bakhuvud och stönar hest. Ligger kvar som på ett moln, blundar och lyssnar till tumultet omkring mig.

Pappa tycker att mamma överreagerar som vill ringa ambulans.

"Ge honom en chans att kvickna till hörru. Du överreagerar. Skulle alla ringa ambulans så fort de ramlar...?"

"Käften!" Draken eldar. "Kom inte här och påstå att JAG överreagerar. Säger the foliehatt som köper säckavis med kattmat om att ifall världen skulle gå under. Vad fan är det?"

"Amen du missuppfattar ju min genialitet. Kattmaten är för byteshandel. Kattägare har kanske något som vi kan byta till oss."

"Ditt jävla freak! Tror du inte att kattägare i en eventuell apokalyps lägger kattjäveln på grillen istället?! JO!! Det är precis vad de gör."

Hela scenen är så absurd att jag inte kan hjälpa mig själv från att börja småflina, slutar dock snabbt för den minimala kroppsrörelse som småflinande åsamkar gör att det värker än mer i bakhuvudet. Jag slår upp ögonen, mamma och pappa drar upp mig till sittande och Tayger kommer med ett glas vatten.

"Guuud i himmelen vad du skräms River!" Mamma lipar.

"Hur gick det grabben?" Pappa vill låta cool.

"Vet du att jag djömde..." börjar Tayger, men avbryts av mamma som plockat upp mobilen och tjatar om att hon vill lysa mig i ögonen. Se hur pupillerna reagerar. Tror hon att jag är död eller? Själv synar jag mina händer. Vänder och vrider på dem. Vanliga människohänder, beige med fem fingrar. Inga blå oktaklaver.

"Vad hände?" frågar mamma mjukt. Intuitivt greppar jag stenen som hänger runt min hals och med min målbrottsstämma rabblar jag siffrorna från drömmen.

"Latitud 60.3042998, Longitud 13.0413301."

I ögonvrån ser jag hur mina föräldrar stirrar på varandra, nickar tyst och mumlar något om akuten, corona-restriktioner och att pappa och Tayger stannar hemma.

Det tar inte lång tid innan vi är inne på ett rum. Mamma har berättat i receptionen att jag svimmat, slagit bakhuvudet och det enda jag fått ur munnen sedan dess är en bestämd siffersekvens. Hon vill ha skallröntgen och noggrann undersökning utförd av deras bästa neurolog, hörde jag henne säga, och nu sitter jag här på en iklädd prassligt papper orange brits i ett skarpt upplyst rum med kräkreflextriggande låga vibbar i luften.

Handtaget i dörren trycks långsamt ner och in stiger en läkare. Hon nickar artigt mot oss per automatik. Endast de ljusgrå ögonen syns då hon bär munskydd. Banden runt öronen gör så att de står ut mer än vad jag förmodar generna avsett. Det gråspräckliga håret är fäst i en stram knut uppepå hjässan. Ett rött sammetsband är det enda som piggar upp denna gestalt. Dörren suger igen bakom henne och hon slår sig ner på en stålpall med hjul mitt framför mig och börjar med finsk brytning fråga mig hur jag mår. Mamma tar över direkt, jag typ omyndigförklaras och de fortsätter tala ovanför mitt huvud. Jag sitter och lyssnar på ett samtal om mig. Om min ADHD och milda autism, att svimningsattacken eventuellt kan tyda på en begynnande problematik med epilepsi, att jag ätit för mycket smörgåstårta med ost, att jag äter för mycket ost, att jag har sömnproblem, att jag borde testa tyngdtäcke, att läkaren tipsar om att det går lika bra med en trasmatta, att mamma blir vresig och förnärmad över att läkaren tror att vi är så pass fattiga, blänger på mina grå mysbyxor som om det var dessa som bidrog till att läkaren hade mage att insinuera att vi är nödställda likt kyrkråttor. Att det enda jag sagt sedan händelsen är en massa siffor. Koordinater. Att jag lider av en del ångest, att jag är hyperkänslig. Och så vidare.

När det blivit dags för undersökning av mina reflexer ber läkaren mamma att gå ut. Skarpt föreläser denne om att det är fördelaktigt om pojken, det vill säga jag, lär sig att föra sin egen talan och att det är dags att klippa navelsträngen. I ren chock och förstumning backar mamma ut ur rummet och jag lägger mig till rätta. Jag får trycka fötterna synkroniserat mot hennes händer, lyfta, böja, sätta mig upp, peka mig på näsan, le stort, stå på ett ben med mera. Hon ber mig berätta om siffrorna jag rabblat efter svimningsattacken.

"Kan du upprepa dem?" Hon tar upp ett block ur rocken. Pennan drar hon från bröstfickan. Ler och spänner ögonen i mina. Stenen bränner mot bröstkorgen och jag känner mig obekväm. Tvekar.
Hon vinklar huvudet framåt en aning och hakan tycks falla. Hade hon inte haft mask på sig skulle jag bestämt fått glutta in i hennes gap.

"Se så." manar hon och knackar pennans spets mot blocket. "Pick, pick." ekar det i helvetesrummet.

Jag kan koordinaterna som rinnande vatten. De har strömmat i mitt inre ända sedan drömmen.

"Latitud 60.30..." sipprar det ut från mina läppar och hon nickar instämmande och frenetiskt. Blinkar spasmiskt flera gånger. När hon öppnar ögonen igen är de, om än bara för en sekund, alldeles komplett svarta. Ingen ögonvita, ingenting. Bara svart. Jag sväljer och låtsas ha glömt siffrorna.

"Fortsätt nu River... fortsätt." väser hon och det slår lock för mina öron. Ska inte mamma komma in igen? Vart är hon? Det är inte likt henne att överge mig så här. Läkaren ser att jag sneglar mot dörren.

"Vet du vad!?" utropar hon, drar ner munskyddet och röda leende läppar blottas. Läppstiftet har smetat av på framtänderna och hon ser sjukt otäck ut. Hon rotar i sin innerficka. Plockar fram en liten medicinburk med vitt lock och två stora piller skramlandes inuti. Hon greppar min hand med sin kalla klibbiga vänsterhand, trycker burken i min handflata och pressar mina fingrar runt den. Bryter på sin finska accent:

"Oss emellan, ta dessa ikväll innan du går och lägger dig och du ska sova gott. Den ljuva sömnen. Och ingen mer svimningsattack. Det här gör susen." Hennes ögon är smala. "De är inte lagförda i Sverige, men där jag kommer ifrån... mhmm... de tar bort vissa problem vet du. Jag vet hur såna som du känner sig. Du passar inte in, du vill passa in men hur du än gör så passar du bara inte in. Och det... det leder till dålig självkänsla och stress, ångest, svimning, verklighetsrubbning... du har en blockering bara... Och duu... det du har... vips..." Hon gör som ett poffande ljud med munnen och knäpper med fingrarna. Fäller upp munskyddet igen, reser sig, sträcker fram sin hand för ett handskak fastän rekommendationerna är att inte skaka hand. När hon märker att jag inte bemöter hennes invit kraxar hon:

"Farväl lilla barn. Berätta inte om det magiska botet för någon. Speciellt inte för din överbeskyddande mor. Säg åt henne att allt du behöver är vila. Alla dina reflexer är bra. Ingenting tyder på hjärnskakning. Bara en stressreaktion. Du behöver vila, svälja pillerna, sova gott och imorgon kommer allt att vara om intet." När jag går ut genom dörren sneglar jag diskret bakåt och ser något svart dra över hennes ansikte och fly ut genom ventilationsaggregatet.

Mamma sitter alldeles utanför, på en högblank björkbänk, till synes alldeles paralyserad. Tycks vakna till liv när hon får se mig och ger mig en riktig mamma-kram. Plötsligt kan jag tala som vanligt igen och berättar vad helvetes-läkaren sagt och hon tycks köpa det. Naturligtvis nämner jag inte pillerna som ligger i fickan. Då hade det blivit liv i luckan och jag vill faktiskt bara hem. Hem, äta ost och vila. Sluta ögonen och kanske komma tillbaka till drömmen.

11. SLAPPA SPEKULATIONER

Söndag 13 december 2020

Klockan har blivit 14:14. Har legat här i sängen och blundat sen jag kom hem. Hört mamma kika in ett par gånger för att försäkra sig om att jag lever. Säkert det som stört mig så pass att jag inte kunnat falla i sömn. Jag som inget hellre ville än tillbaka till drömmen, men det får bli senare. Inatt. Klappar på fickan med mirakelpillerna. Snart är det fika, tårta för endast fyra på min tretton-årsdag. Mor- och farföräldrarna bangar ur. Tror de ska dö om de kommer hit. Tjena! Dö ska alla ändå. Förr eller senare. Säkert på ett redan planerat datum. Det enda de skapar sig är tristess och fångenskap. De sätter sig med bojor i husarrest i livets slutskede och ruttnar bort. När de kunde ha levat in i det sista. Rädslan för att dö är det som hindrar livet. Vilken jävla paradox. Men men... ska jag vara ärlig så tackar jag corona-guden ibland. Allt har blivit lugnare tack vare restriktionerna. Och som introvert, högkänslig, ADHD´are... okej stjärnfrö... med stort behov av lugn och eftertanke är det som julafton varje dag att utsättas för liiite mindre intryck i varje fall. Att slippa höra mormors negativa offerkofta-gnäll, farmors vassa ispikar till både mig och pappa, farfars folkanarrande och allas oväsentliga dramatiserande kring världens sjukdomar, gör att min energistapel kan hålla sig på grönt. Mer grönt. Mindre ångest. Mer fokus och balans. Speciellt efter denna hittills mäktigt weirda intrycksdag så är jag tacksam för tystnad. Mycket tacksam.

Jag vippar på tårna lite. Tänker på tårta, samtalet jag ska ha med Belle ikväll. Jag längtar efter att få berätta för henne om drömmen. Fingrarna smeker den afrikanska turkosen och mina ögonlock faller ihop igen. Koordinaterna från drömmen skrålar i rött på insidan av mina ögonlock. Jag känner mig vimmelkantig fastän jag ligger. Blodsockret är säkert i botten. Det var alltför längesen jag åt. Sätter mig upp, skalar en mini-Babybel och stoppar i munnen, googlar koordinaterna på Google maps. Märkligt att jag kan rabbla dem som rinnande vatten. Att komma ihåg siffror är förvisso en av begåvningarna inom autismspektrat. Ett av dragen alltså. Inget jag tidigare märkt någon lätthet för. Men ser man på. Det kanske bara kan poppa upp. Vad vet jag?

Medan osten glider ner i magen uppenbarar sig den geografiska platsen för koordinaterna. Slår över till satellitläge. En strandbit på Hovmassivets Sjö- och Fjällcamping. Inne i mitt huvud rullas allt från drömmen upp igen. Scenario ett. Den långa blå varelsen, 83LL bredvid mig och känslan av hem.

Tre tonåringar anländer till en
specifik plats i de värmländska skogarna,
planet Earth, Milkyway. Koordinater
blinkar i rött. Latitud 60.3042998,
Longitud 13.0413301.

De gräver fram något ur marken
och gör en slags ceremoni. Den tredje
tonåringen försvinner. Han slutar
existera. De två återstående gräver ner
saken igen och reser därefter hem.
Mission completed.

Den långa varelsen som går med på att jag ska glömma allt, glömma vem jag är, men att jag måste börja minnas ett par dagar innan händelsen. Annars kommer mitt envisa arsle att förstöra hela uppdraget. Belles tidigare hintar om att jag på min trettonårs-dag kommer börja minnas. Att allt ska klarna. De talar i mun på varandra. Belle och den långa blå. Inuti mitt huvud. Jag trycker mig för tinningarna, virrar på huvudet och skrynklar hela ansiktet. "Nej, nej och åter nej! Det är bara min kreativa hjärna, min vilda fantasi som..." Mamma slår upp dörren och frågar vem jag pratar med. Jag svarar att jag bara övar på en sång. Hon köper det och bjuder ner mig i köket. Tårtan är serverad.

12. GNABB

Måndag 14 december 2020

På väg mot skolan upprepar vi igen gårdagkvällens samtal som om vore vi två papegojor. Gruset under våra kängor knastrar mot en iskall trottoar. Belle är fortfarande upprörd över att jag nästan gick på att svälja tabletterna.

"Jag varnade ju dig att människor i din närhet skulle komma att bete sig märkligt från och med igår. Trodde att flashbacken skulle räcka som väckarklocka liksom." Hon blänger på mig som om jag vore Judas. Kniper ihop pekfinger och tumme och hytter den i luften. "Så häääär nära var det. Att du i denna stund hade varit tillbaka på skeppet och hela detta uppdrag varit åt helvete." Jag har aldrig sett henne såhär upprörd, och det är med blandade känslor. För samtidigt som jag känner mig urbota korkad som inte fattade att läkaren ville mig illa, eller nåja, det svarta klegget som intagit henne, så värmer det att veta att hon vill ha mig kvar här... i sitt liv. Jag betyder något väldigt stort. Tydligen har jag en viktig roll här på jorden. Vilken inte riktigt har klarnat än... men snart så... snart säger Belle... kommer fler flashbacks så att mitt envisa arsle kan mjukna och förstå allvaret. Hon låter nästan som den långa blå ur min dröm:

> *...på din 13:e inkarnationsdag,*
> *vilken kommer infalla åtta dagar innan*
> *uppdragets höjdpunkt måste minnet*
> *komma åter...pö om pö... Annars*
> *kommer din envishet inte att ge med sig*
> *hur mycket än 83LL påminner dig.*
> *Uppdraget kommer att misslyckas om*
> *du kör ditt eget race i blindo och spottar*
> *på uppdragets allvar."*

"Men hey, jag hade väl kunnat ta mig hit och hjälpa dig ändå. Om än i en blå kropp." ler jag.

Hon suckar ljudligt. "Hade du inte bett om en total utradering av minnet hade du inte varit så sablans naiv." Hon sparkar på en sten som flyger in i en elstolpe så att det plinkar skarpt. "Våra originalkroppar kan inte överleva i jordens atmosfär. Själar kan resa i tid och rum River. INTE kroppar! Åtminstone inte de som kommer från en helt annan sfär."

"Så du menar att man kan resa i tid och rum på jorden? Och att det är därför vi ska få en ny elev i klassen idag? Som är från framtiden?" skrattar jag hånfullt. Fast egentligen menar jag inte att håna. Jag är rädd, har noll kontroll och fattar ingenting. Då blir människor hånfulla. Och just nu är jag en människa, en Homo sapiens. Min originalkropp, R1V8, ligger tydligen i djup koma i en ljustub på skeppet, alldeles bredvid 83LL. Våra själsgnistor har för tillfället lämnat och inkarnerat som två sapiens. River Tyre och Belle Cipriano. Ja, hennes biologiska pappa är italienare. Men hennes egentliga fader är Himlen, brukar hon säga. Inte på ett religiöst sätt. Bara typ... andligt. Och hennes nuvarande sanna moder är Moder Jord. Jill är bara hennes biologiska mamma. Därför kallar hon henne för Jill och inte för mamma. För Belle, som säger sig minnas allt ifrån existensen innan hon föddes ut ur Jills kropp, är Jill bara en kanal. Hennes nuvarande kropps egentliga moder är som sagt Moder Jord. Och Moder Jord är hennes förebild.

Naturen stressar aldrig, ändå blir allting utfört, brukar hon säga. Hon brukar vara så lugn, Belle. Men just nu är hon uppriven. Jag tar det som ett tecken på att hon tar detta på största allvar. Vårt så kallade uppdrag.

"Vi får väl se om han är där idag? Så att jag kan säga *Vad var det jag sa!*" fräser hon.

"Får vi." kaxar jag, men minnesfragment från drömmen vill lägga band på mina flyktbeteenden.

> *På jorden ska vi träffa en varelse*
> *från framtids-dimensionen, en Homo*
> *evolutis. Att han existerar beror endast*
> *på att i den tidslinje vi befinner oss på*
> *nu kommer skaparna lyckas utrota*
> *Homo sapiens och skapa en ny art.*

Det är med isiga leder och skälvande muskler jag äntrar skolbyggnaden. "Fantasier alltihop." mumlar jag och glasdörren bakom mig slår igen.

13. ZAAR

Måndag 14 december 2020

Jerker står vid tavlan och ömsom spänner sig, ömsom gestikulerar. Som han alltid gör. En man i medelålderskris. En man som vet om att han borde dra ner på fläsksvålar och öl, möta sina inre demoner från barndomen och kanske ta och förlåta sin hädangångne narcissistiska översittarpappa, istället för att fortsätta försöka överbevisa för dennes spöke att han minsann duger. Att han har pondus, är rakryggad, jobbar dagtid som lärare, lär dagens ungdom veta hut. Att han kvällstid patrullerar som egenutnämnd kvarterspolis. Marscherar omkring och dumförklarar folk och deras fordons-rattnings-tekniker, hur efterblivet de parkerar och dylikt. En man som vet att han borde bemöta sin frus tjat om att prata känslor och existensiella frågor. Att han borde ägna mer tid åt sina barn. En man som vet att hans fru har en affär med grannen. En man som inte vet vem han själv är. En man i smärtor. Hur jag vet allt detta? Jo, han bor på min gata. Sju hus bort. Ryktet går. Han står nu bredvid katedern och svankar likt en framtung tysk SS-officer.

"Idag ungdomar... ska vi få en ny elev i klassen. Han kommer om en liten stund. Jag vill att ni ägnar ett par minuter i tystnad åt att tänka igenom hur ni själva skulle vilja bli bemötta om det var ni som skulle anlända till en ny klass." föreläser han.

Jag slår vad om att det är kuratorn, miss Gloria, som uppmanat honom att uttala dessa fraser. Vi har i vår klass ganska stora problem med glåpord och hånfulla spydigheter sprutandes ur käftarna från vissa hormonstinna pojkstackare med mindervärdeskomplex. Lite då och då blir vissa personer skickade till både rektor och kurator. Denna välmenande mobbingprofylaxövning tycker jag låter vettig.

Det blir tyst i salen en kort stund medan alla flyr in i sin inre föreställningsvärld. Mycket kort. För strax börjar Vreta-Axel och Dino grymtflina tills Jerker drämmer pekpinnen mot whiteboardtavlan. Mer hinner inte hända innan man hör en knackning på dörren. Jerker gör dekapiterings-gesten mot de två terroristerna och går för att öppna.

In träder en uppskattningsvis 180 cm lång, blek, icke-välbyggd kille. Hans ögon är isblå, markerade mörka ögonbryn, läpparna smala, käklinjen skarp. Hans platinablonda hår är fäst i en manbun. Han bär en svart t-shirt till ett par vita pösiga jeans med stora blå stjärnor på. Runt halsen hänger värsta feta blingblingkedjorna i silver. En med ett stort kors bombat med färggranna kristaller. Till synes splitternya kängor. Vita med blå partier. En hiphopare? Det är en klump i magen, som växer. All energi i kroppen samlas liksom där. I ångesthålan.

Efter ett välkomnande tal av major Jerker närmar sig Zaar, som han heter, den tomma platsen bredvid Belle. Jag ser att hon ler såsom man ler när man ser fullmånen blottas efter att grå moln dragit bort. Zaar, tänker jag, kan det vara som en förkortning av Balthasar? Som enligt kristen mytologi var en av de tre vise männen som uppvaktade Jesus vid hans födelse. Som följde Betlehemsstjärnan. Så himmelens symboliskt och passande tänker jag spydigt och ådrar mig minnet av mammas exaltering kring *The Great Conjunction* som kommer inträffa den 21:e december på självaste vintersolståndet. Jupiter och Saturnus kommer stå i linje och bilda en otroligt vacker Betlehemsstjärna på natthimlen. En syn vi inte sett på cirka 800 år. Och så pappas påstående att denna konstellation när gigantiska planeter radar upp sig kommer att pulsera en särdeles kraftfull elektromagnetisk energi mot jorden under årets mörkaste natt. Under tre dagar av mörker... innan ljuset återvänder. Return of the Sun... the son of God... Jesus... Hans foliehatts-apokalyptiska föraningar om att energin från rymden... som borde betyda nåt gott... i självaste verket betyder motsatsen. Jag känner på min mini-Babybel i fickan. Så fort det ringer till rast ska jag ha den. In i mitt kretslopp. Jag sneglar mot Belle och Zaar. Hon ler. Han rör inte en min. Ser komplett apatisk ut. Skulle det alltså vara varelsen från framtids-dimensionen? Är det så en Homo evolutis ser ut? Blek som ett lik och med döda ögon och ett obefintligt minspel? Men han är ganska snygg ändå, sjukt snygg skulle jag nog ha sagt om jag vore tjej. Men det är jag inte. Men Belle är. Och hon ler. Och mitt hjärta slår fortare. Måste ta till ett ångestdämpande knep. Det knep som i situationen äro minst uppseendeväckande. Jag knyter mina båda nävar så hårt jag bara kan. Trycker ihop. Nagler mot kött. Aj som fan. Jag borde kanske börja bita på dem precis som Jerker brukar göra så fort vi elever sitter och har självstudier. Då brukar han knappa på sin mobil och gnaga på klorna sina. Jag har sett. Och det stör mig alltid något så in i fankens kopiöst. Jag kan liksom inte stänga av och inte se. Brukar försöka skärma av genom att hålla upp en hand framför ögonen och liksom låtsas fokusera på texten framför mig, men bara vetskapen om det, och ljudet av hans smaskande går långt in i min själ och messar upp. Högkänslig i ett nötskal.

Jag föreställer mig att jag krampaktigt håller alla mina bekymmer, rädslor och kontrollbehov i mitt febrila grepp under bänken. Börjar få mjölksyra i händerna. Aaauch! Och så... frigörelsen. Släpper greppet och öppnar handflatorna. Aaaaaahh så skönt. Så skönt att sluta hålla fast i problemen. Bara släppa taget. Den plötsliga förändringen ifrån spänning i kroppen till avslappning lurar hela systemet att slå av amygdalans larmfunktion och avaktiverar hjärnans kamp- och flyktreaktioner. Det skickas lugnande budskap till kroppen och sakta känner jag mig mer tillfreds.

När det ringer till rast är jag först ute, håvar upp min mini-Babybel samtidigt som jag bakom mig hör

Vreta-Axel och Dino skräna nåt om Cheeseball-psykoattack plus att de vrålskrattar.

"Nu är han allt skidd att Big Albino X stjäl hans lil' Bell-baby."

"Tro fan det... hähähä... sunkiga depprockare är liksom helt oldschool."

Jag låtsas att jag inte hör. De är inte värda min energi. Det har Gloria sagt. Man ska välja sina strider, men samtidigt inte ta skit. Hur man ska veta var gränsen går? Ingen aning. Men just nu vill jag bort ifrån scenen. Bara det faktum att denne framtids-nisse dök upp får mig att vilja hem och dra mattan över mig. Jag mår illa dessutom. Kanske skulle ta mina grejer och gå hem ändå. Skylla på corona-symptom och de vinkar snabbt hem mig. Jag vill inte ens säga hej då till Belle.

När jag är framme vid skåpet sneglar jag åt vänster och ser de två komma emot mig. Belle och albinon. Det värker i pannan och PANG! Allt blir svart.

14. SCENARIO TVÅ

Tidigare någonstans i universum

Även om jag har sett scenario två förr, och detta bara är en sista påminnelse, en sista avskräckande skräckfilm, en morot att go for scenario one liksom, innan vi lägger oss i ljustuberna, så kniper jag mina långa blå, nästan slår knut på oktaklaverna. Scenerna som kommer kan sammanfattas i ordet *sorgliga*. Ledaren sveper med sin stav och hologrammet börjar sin akt. Bilderna talar sitt tydliga språk och vår långa blå ledares allvarliga stämma mullrar när han ytterligare förtydligar vissa brännande episoder.

Vi blir visade som en slags, för det mänskliga ögat, osynlig elektromagnetisk stråle strila från centralsolen Alcyone genom hela vårt universum, in i jordens solsystem, få energin kraftigt uppskruvad av ett binärt solsystem som återkommer i sin elliptiska bana in i jordens solsystem vart 3600:e år. En av planeterna i detta solsystem, Nibiru, huserar alldeles bakom Saturnus som står i linje med Jupiter som vidare står i linje med jorden. Vid exakt rätt position då de tillsammans sammansmälter till att mångfaldiga kraften från Alcyone omstruktureras intentionen via skaparna, som befinner sig på planeten Nibiru, kommer denna stråle att slå ner på jorden på de tidigare nämnda koordinaterna: Latitud 60.3042998, Longitud 13.0413301... i de värmländska skogarna i ett rike kallat Sverige beläget på det norra halvklotet. Ljuset kommer in från norr, genomborrar en sedan länge gömd kapsel. En kapsel skyddad av ett osynligt hölje som avlett nyfikna varelser på planeten från att någonsin få för sig att gräva eller bygga på just dessa koordinater. Innehållet i kapseln kommer att aktiveras via denna stråle och på årets mörkaste natt på planeten jorden ska mörkret sprida sig vidare snabbt snabbt. Ledaren tar till orda igen. Orden klingar vasst in i mina ben likt ljudet som uppstår när man slår med en sked av silver mot ett glas av Andromedakristall.

"Ur kapseln ska stiga och härja en pest. En pest skapad i exakt sammansättning för att effektivt angripa just den av skaparna framtagna Homo sapiens DNA. De varelser med redan nedsatt immunförsvar, de fulla av toxiner, de fulla av dömande, de allra mest infiltrerade av *"de man inte nämner vid namn"*... de kommer i förskräckande bråd takt sluta sin förmåga att andas. Deras kroppar kommer att dö, deras vilsna själar hamna i ett limbo. Ty allt kommer gå mäkta snabbt."

Vi blir visade skräcken och dödsångesten som sprider sig över klotet som en brinnande tornado, en tsunami av död. Jag antar att jag, precis som förra gången vi blev visade scenerna, är grön i ansiktet.

"Sättet på vilket skaparna tänker sätta detta scenario i rullning är ICKE övertänkt." Ledarens blå ansikte har en mörkare nyans än vanligt, vilket ackompanjerar hans röst och understryker allvaret.

"Allt de ser i sin egen panik för att förhindra en implodering av universum är EN enda lösning. Och det är att utrota Homo sapiens likt de var kackerlackor. De tar sitt ANSVAR säger de. Oskadliggör hotet." Han slår frustrerat ut sina oktaklaver så att hologrammet börjar flacka.

"Vi kommer att se en enorm förruttnelse, lidande, sorg, svält, total samhällskollaps, sjukdomar. Gigantiska mängder grå dimma kommer att avges från jordens atmosfär... sprida sig som en slingrande orm vidare ut i universum... förpesta med dess låga frekvenser. Vi kommer att få se miljarder av vilsna själar i limbo i behov av vägledning... MILJARDER! Men inte nog med det. De sapiens som överlever, barnen, de rena, de som icke lever i dömande, rädsla och självförakt... de kommer att i sakta mak omformateras. Skaparna kommer att stiga ner på jorden när den värsta utplåningen stillat sig."

Vi blir visade scenerna där skaparna med EMPL-teknik (Elektro-Magnetisk Puls-Laser) inom loppet av timmar pulvriserar städer, infrastruktur. Oskadliggör kvarvarande hot såsom kärnkraft, atomvapen, underjordiska tunnlar, partikel-acceleratorer och så vidare. Det vill säga de verkliga hoten som giriga- fullt besatta av *de man inte nämner vid namn*-sapiens var på väga att implodera vårt universum via. Precis som på till exempel Atlantis tid, då skaparna var tvungna att nollställa hotet. På den tiden, för cirka 12 000 jordeår sedan, då räckte det att de isolerade och utplånade en viss plats av jorden. Detta utmynnade i det så kallade Atlantis fall. Denna gång måste hela paketet liksom neutraliseras innan man sen kan push the button: RESTART. Enligt skaparna det vill säga. Min inre rebell hoppar och dansar och äventyrslustan sätter fyr i mina blodkärl. Jag älskar att sätta översittare och auktoriteter på plats. Det här uppdraget rockar! Jag ska rädda hela mänskligheten, förhindra miljarder själar ifrån att bli traumatiserade och befria dem ifrån att det ska ta eoner av tid och livstider att läka dessa trauman. 83LL hör mina tankar och flänger till mig på armen. "Jaja okej, jag ska chilla." telepaterar jag tillbaka. Riktar åter blicken mot hologrammet.

"Och nu till det kritiska momentet. Som grädde på Homo sapiens skapares förhastade, icke fullt ut genomtänkta, mos-planer på en så kallad räddning av universum ämnar de förändra sin skapelse till en sämre variant av sapiens. En Homo evolutis. Tidslinjen existerar som sagt redan och dessa Homo evolutis från framtids-dimensionen har gett oss i uppdrag att förhindra scenario två. De vill inte existera. De saknar känslor, behov och längtan. De saknar livskvalitet, mål och mening. De är slavar åt skaparna. Ren och skär underhållning. En underhållning man dock tveklöst hade betalt för att slippa se, så tråkig den är. De existerar endast och bara för att skaparna såg det som ett slags ansvar att bibehålla en behållare för de själar som vill inkarnera på jorden och uppleva hennes skönhet. Men enligt framtids-dimensionen är nu... i framtiden... de själar som valt att inkarnera på jorden fast i en loop, där de inte kan ta sig ifrån att på nytt inkarnera i en kropp utan känslor. De är fast. De vill till varje pris ifrån denna intetsägande låsta inkarnationsloop. De vill inte existera. Homo evolutis- projektet är universums största skamfläck. De har skapat ett helvete för oskyldiga själar! VI MÅSTE SE TILL ATT DETTA SCENARIO FÖRHINDRAS!!!" Han höjer rösten rejält och lufttrycket inne i atriumet blir så pass laddat att alla mina tvinnade och välpolerade hårstrån som den närmsta tiden ska vila vackert runt mitt ansikte i ljustub R1V8444-4443 ställs i komplett oreda.

"Aj aj kapten." tänker jag. Högt denna gång. Jag kan inte hjälpa mig. Det spritter i kroppen min och jag vill bara hoppa ner i tuben och somna in och låta min själ för ett tag färdas ned till jorden. In i Jane Tyres mage. In i lilla fostret där som ska bli min avatar för några decennier. Rädda mänskligheten och universum och...

"R1V8!!!" Ledaren drämmer staven i golvet mitt framför mina mockasiner. Han hukar sig ner till min nivå, tyget glider fram över hans skalle. Han föser bak det och spikar som fast mig med sin domedagsblick.

"Det vore mäkta synd på en sådan livsgnista som din att slockna...! Var uppmärksam... var ödmjuk... för om du sjabblar detta... på grund av dina fetischer att glömma... att leva on the edge... du med dina adrenalinkickar... OM... Jag säger OM... inte du vaknar upp fullt ut i ditt uppdrag finns risken att du leder oss till ett scenario tre!" väser han. "Och då är det..." ledaren drar sina åtta rappt och vasst framför sin egen hals. "... THE END OF EXISTENCE!"

Jag står lika blickstilla som en isstod bredvid en bas på Ganymedes. Flödet i mina ådror känns lika kallt som de smällkalla oceanerna under de 150 kilometer tjocka ismassorna på densamme. Min blick är fäst vid mockasinerna. De blev skapta just för det uppdraget. Till Ganymedes. En av Jupiters månar. För 3600 år sedan. Sist Nibiru var på besök så nära jorden. Då de planterade ut kapseln. Homo sapiens skapare. Anunnaki. Well. De har hängt med länge. Mockasinerna. Bra kvalitet.

"Hör du vad jag säger?" ryter han och jag lyfter blicken samlat och högtidligt.

"Du kommer inte att ångra att du valde mig." Han nickar, vänder på klacken, trollar med staven och scenario tre rullar igång.

15. FRÅGOR PÅ DET?

14 december 2020

Det värker i höger arm, axel och i hela höften. Jag öppnar mina ögon och blickar snett framför mig på golvet, det smutsgrå korridorsklinkerset, som en skabrös tallrik till min lilla ostbit som glidit mig ur näven i fallet. För jag vet vad som har hänt. Jag har drabbats av ännu en sådan där så kallad flash-back. Om tiden som löpt i min dröm skulle motsvara verklighetens tick-tackande borde jag vid detta lag vara ivägkörd med ambulans och finna min hysteriska jorde-mor sitta och böla vid min sida. Men. Här ligger jag, och Belle närmar sig. Hon skyndar sig fram. Och som sällskap har hon albinon. I bakgrunden råmar Vreta-Axel och Dino fortfarande om Cheese-ballar och musikstils-krig och rockens magplask. Jag sluter mina ögon för en sekund. Funderar kring om den där R1V8 verkligen vet vad han gett sig in på. Skulle han verkligen vilja rädda detta släkte om han fått se ett hologram av Homo sapiens-varelser typ dessa tu? Kanske kunde vissa få stryka med trots allt? Mer hinner jag inte tänka innan Belle är framme, faller ner på knä vid min sida som värsta hjältinnan vid sin fallna riddare ivrig att återuppliva honom via mun mot mun metoden. Kanske jag skulle spela död? Mina visioner manifesteras inte, istället får jag lavetter. Hon ger mig lusingar på kinderna.

"River! Är du okej?"

"Mmmmm." gnyr jag. "Det svider lite på kinderna... men annars så." Jag ler när jag ser hennes ögon så nära, doftar hennes parfym. Eller hårschampoo eller vad det nu än är som gör sig så fint i mina sinnen. Jag ler också för att hon är så nära mig i jämförelse med framtids-nissen. Zaar står där bakom och ser mest apatisk ut. Tittar på mig som om jag vore en borttappad vante på en trottoar.

"Auh, sorry," säger hon och börjar fnissa. "Du slog inte huvudet?"

"Nej, det känns inget. Axeln tog nog hela stöten." svarar jag och reser mig sakta upp med hennes hjälp. Låter lilla Babybel ligga kvar på golvet. Hennes beröring är mer lugnande än all ost i världen.

En millisekund funderar jag kring huruvida det finns ost på skeppet? Och det är bara en av alla tusen frågor jag har.

"Fick du se nåt?" frågar hon och jag nickar, men är noga med att påpeka att jag har tusen frågor.

"Vi kan gå hem till mig efter skolan... Zaar hänger med... han kan nog svara på en hel del av dem." ler hon ömt, stryker mig över min mörbultade axel och allt känns bättre. Varmt och hoppingivande. I vanliga fall skulle jag ha en tung panikattack i detta läge. Jag på golvet i en skolkorridor med finniga snorungar som antingen ballglor eller hånskrattar när de går förbi. Homo sapiens under utveckling. Men jag är kolugn. Även fast jag ej intagit min mini-Babybel. Något måste ha hänt inom mig vid mina flash-backs, tänker jag.

"Okej." fastslår jag, reser mig, hamnar i samma ögonhöjd som Zaar. Killen som inte vill finnas. Killen som typ vill att vi utplånar honom och hans släkte i förväg. Kanske att jag känner mig så tuff i och med att detta uppdrag får mig att känna mig som en Terminator. Jag kanske måhända spänner musklerna till viss del när jag sträcker fram för en hand-shake, något som är bannlyst i och med corona-viruset, men är det krig så är det. Och detta gäller liv eller död. Zaar

144

fattar min hand. Den är sval, vek och greppet är dött. Som att försöka skaka liv i en avliden fågelunge. Jag får styra denna gest och intalar mig att i framtiden är förmodligen denna hälsningsgest, avtalsbekräftelse... intygande på att man är obeväpnad och inte vill varandra illa... utrotad. Så det kommer att bli såsom pappa spekulerade ändå? Att handskakningen för evigt dör ut i samband med denna pandemi. That's a fucking shame, svär jag inombords men återfattar snart förståndet. Just det. Framtiden ska vi ju ändra.

"Let's go!" säger jag.

"Jag vill så gärna besöka ett konditori i stället... om ni inte har något emot det. Jag betalar." låter det ur Zaars mun, samtidigt som han klappar sig själv över bakfickan. Rösten är vek även den. En ljus mansröst. Inte för att det är något fel med det, men... jag undrar vad de gjort med människorasen? "Där jag kommer ifrån... där har vi inga sötsaker, inga tårtor, inga smörgåsar, inget..."

"Ingen ost heller?" avbryter jag upprört.

"Kor finns inte. Allt strukturerades om i Den Stora Omvandlingen, Den Stora Upprensningen." konstaterar han apatiskt. "Vi lever mest av små pellets. De sväller i matsmältningskanalen, ger mättnadskänsla, alla vitaminer och mineraler, spårämnen, fettsyror och aminosyror vi behöver för att överleva. Det blev bestämt så i Stora Stämman."

Han knycker lite på huvudet. "Eftersom vi inte har några känslor såsom Homo sapiens-släktet kan vi inte känna sorg över att vår föda är intetsägande... men efter att jag och andra med mig sett hur ni har det... här i dåtiden... innan Händelsen... så... " Han slår ut med armarna. "... så insåg vi att det måste finnas ett annat sätt. Framtiden ni har i vänt om detta inte förändras är såsom födan... intetsägande."

"Vi går till Baker's Cave." föreslår jag, tittar frågande på Belle och hon nickar instämmande. Zaar för samman sina händer och bugar sitt huvud.

Jerker, vår mentor, passerar förbi oss med rappa steg, blänger av någon anledning på mig. Har han sett att vi skakade hand? En kall rysning drar igenom mig när hans mörka blick möter min. Jag för automatiskt ner handen mot fickan och däri ligger min nöd-Babybel. Behöver stoppa den i mig. Men först ska jag fråga något mycket viktigt.

"Det finns väl åtminstone ost på skeppet?" Jag riktar frågan till Belle.

"Sorry." Hennes röst är mjuk som videtassar. Hon virrar på huvudet. Tittar på mig som om jag förlorat allt av värde. Allt.

16. VULKANENS VÄL OCH VE

14 december 2020

Med ryggsäckarna på lämnar vi skolbyggnaden. Ända skillnaden i min packning sedan imorse är att mitt nöd-förråd av mini-Babybels minskat med två boosters. En nytillkommen grej däremot är brevet Jerker stack till mig när Belle lämnat klassrummet för att pudra näsan. Han väste hotfullt något om att hålla detta hemligt tills jag verkligen förstod vad det innebar. Och att jag måste följa *den gröna kaninen*. WHAT? Han har blivit helt konstig sedan Zaar begåvade oss med sin närvaro.

"Tycker inte du att Jerker verkar förändrad på något sätt?" frågar jag Belle när vi korsar parkeringen. Min blick flackar förbi en registreringsskylt med slutsiffrorna 666. Påminns om hotet att hålla brevet hemligt. Ska undersöka det när jag kommer hem.

"Mmmm..." Hon blickar upp mot de grå molnen. "...jag har ju alltid tyckt att han betett sig lite speciellt. Han är så att säga hårt programmerad, har ett solitt hölje av ego som döljer vem han verkligen är." förklarar hon lättsamt. "Såna som honom är lätta offer för det mörka klegget." Hon spänner blicken välmenande i mig. "Sådana som den där läkaren som var nära på att skicka dig tillbaka till skeppet." Hon suckar hårt. "Jag har varnat dig för att de skulle komma att försöka komma åt dig nu när du börjar minnas. Fall inte för det River. Hör du?" Hon stannar till som för att understryka allvaret. Vi råkar stå alldeles bakom bilen med the number of the beast.

"Jaaa, absolut... ja.." Jag bestämmer mig för att inte säga mer. Nyfikenheten, rebellen, upptäckaren i mig, vill först se vad brevet innehåller. Vad betyder *följ den gröna kaninen* liksom? Mer hinner jag inte tänka förrän Zaar tar till orda med sin mjuka ljusa gospelstämma.

"Ingenting verkligt kan hotas. Ingenting overkligt existerar. Men att blanda organiskt liv med teknik är anti-liv. Det är emot skapelsens grundprinciper och lagar att blanda två motsatser. Livet har ingen motsats. Människor tror att döden är livets motsats. Men eftersom livet, skapelsen, existensen... är allomfattande så har det ingen motsats. Därför existerar inte döden. Inte heller egot, som är en vanföreställning människan med sin skaparkraft fantiserat ihop till att tro den är sann. Men kärleken, källan, skaparen är kärlek. Allomfattande. Den har alltså ingen motsats. All smärta, illusioner av död, rädsla, hat, skuld, skam, dömande är alla av människan påhittade vanföreställningar. Fantasier som håller dem i mörker. Numret 666 är en skapad kod för människokroppen och egot. Det är just egot och människors vanföreställningar som är så kallat djävulen. Och eftersom kärleken och godheten inte kan ha en motsats så existerar inte djävulen. Bara in the minds of men. Att som skaparna av Homo sapiens vilja blanda liv med anti-liv... till en cyborg som mig... det går emot livets lagar och skapar en fängelsetillvaro för själarna som inkarnerar i denna kropp. Endast liv kan existera. En cyborg är motsatsen till liv. Därför kan den ej existera. Och jag kan bevisa detta. Att vara en Homo evolutis är att inte existera."

Det är första gången jag ser ett uns av desperation i hans blick. Eller så är det bara jag som med mina tankar målar den bilden på honom. I don´t know. Hans tal var dessutom alldeles för mäktigt för mig att ta in och nu vet jag inte om jag kommer att orka en "Apocalyse-Choco-Lava" på konditoriet. Jag bestämmer mig för att göra som Gloria, kuratorn, lärt mig. Om någon tanke, konflikt eller människa besvärar mig... slå bort det och bara bestäm dig för att välja frid. "Jag väljer frid." chantar jag i mitt inre, nickar och går vidare.

Bakom mig går de två tydligen lite mer minnesstarka varelserna. Jag hör Belle ställa en fråga till Zaar.

"Är du säker på att din kropp klarar av maten här?"

"Tappar jag medvetandet så ber jag dig vänligen att scanna mitt torso med Med-scannern som ligger i ytterfacket av min väska."

"Aaah, ni har sådana?" jublar Belle dovt.

Jag snurrar runt och går baklänges några steg samtidigt som jag frågar Zaar hur det funkar att resa i tiden?

"Jag menar... gick du in i en maskin liksom och sen vips poppade du upp i dåtid."

"Det är inte riktigt så enkelt." svarar han lugnt, stannar till och vinkar till en stor ek utmed gångstråket.

"Människor i denna tid ser inte att träden vinkar på dem. Det finns ett medvetande i allt organiskt som existerar. Det är så livet är. En del veganer som tror att blomkålen inte har ett medvetande till skillnad från djuren... så fel de har. Just i den frågan. Att djuren lider i era köttfabriker... det är däremot också fel. Men äta måste ni. Och ingenting lever heller helt för sig självt. Trädet äter inte sina egna äpplen. Vi samarbetar. Vi är ett. Vi för livet framåt. Det är det som är livet. Skillnaden människor kan göra är att vara mer alerta på livet. På nuet. Visa tacksamhet. Såväl som för ägget, som för hönan, som för vitkålen, som för bonden, som för blomman som tillfredsställer deras synsinne. Men där jag kommer ifrån har livet tagits ifrån oss." Än en gång anar jag missmod i hans energifält.

"Jag är tacksam för ost." ler jag stort samtidigt som vi korsar övergångsstället och når fram till Baker's Cave. "En sådan vacker fasad." konstaterar jag. "Lika gul som Babybels själ." Belle skrattar. Zaar är tyst.

Väl inne och till bords komna sitter vi symmetriskt utspridda kring det runda café-bordet av mörkt valnöts-laminat. Det knapra decemberljuset strilar blygsamt in från fönstret alldeles intill. I mitten av bordet står en mässingsbricka med tre tända blockljus, batteridrivna, en del mossa omringar dem, tillsammans med små guldiga mini-julkulor. I bakgrunden ljuder behagliga toner av instrumental julmusik. Jag älskar detta stället och jag älskar det jag skådar på det rektangulära fatet framför mig. En "Apocalypse-Choco-Lava" är en bit av himmelriket som äro formad som en vulkan, kompakta väggar av saftig, köttig, lätt bakad kladdkakeliknande karaktär. Men med belgisk mjölkchoklad, inte något billigt kakao-pulver. Insidan är fylld av sprängda maränger, inpiskade i krämig vaniljgrädde, perfekt gifta med chokladglass och chokladsås. I all sin enkelhet. Hastigt bränd i ugn så att innehållet må rinna längs med stupet och längta att få bli räddat in i min mun. "Du ska ej förgås min kära." tänker jag. "Ty jag, din frälsare har kommit till din undsättning..." och jag låter skeden möta denna skapelse samtidigt som jag tackar Zaar. Jag har övertalat honom att ta en likadan. Han nickar och med apatisk blick för han in sin första smakportion av himmelsk föda i sin kropp.

"Ta det försiktigt." varnar Belle honom.

"Jag vill ju ändå inte finnas." svarar han likgiltigt. "Om detta så blir min sista måltid så får jag åtminstone någon form av livskvalitet med mig i minnesbanken ifrån denna inkarnation."

"Dör du här och nu kan vi ju inte tillintetgöra kapseln...och..." Hon låter upprörd och jag tycker att det är synd att hon inte kan låta oss karlar få njuta av vår måltid i lugn och ro. Tjejer och deras känsloutspel. "...vi MÅSTE vara alla tre!"

"Hoooooooo..." utbrister nissen från anti-liv-framtiden. "Det rusar i mina ådror, mitt hjärta skenar och det är som om min hjärnas elektromagnetiska fält tiofaldigats." Han tar sig för bröstet och jag ser att hans ögon är blanka. Jag gläder mig åt hans halleluja-moment, hans mänskliga rättighet till att verkligen känna livet, njutningen, känslor av lycka. Jag ler stort och fnittrar sprudlande åt hans lyckliga stund.

"Är det så här det är att känna lycka?" sluddrar han, torkar bort en tår med ena handen, skyfflar in ytterligare en bit av godsaken med andra. "Är detta allt vi fattas i min tid så..." Han faller slappt framåt och gör en face-plant i vulkanen.

"Nej din dummer!" svär Belle, snor runt och plockar upp den där Med-scannern ur hans väska. "Det är så här det är att få en blodsockerchock!"

Tack vare att vi sitter ganska åtskilda i lokalen och Zaar har ryggen emot de andra gästerna längre bort är det ingen som tycks reagera.

Medan Belle stöttar upp Zaar och scannar honom som om det vore det mest vardagliga ting, så försöker jag förstå vad som egentligen händer. Vill vara behjälplig på något vis, och en inre röst påminner mig om våtservetterna jag har i min rygga. Alltid bra att ha med sig. Jag plockar upp dem och handar över dem till Zaar som efter scanningen snabbt återfått sin tidigare fullt alerta status.

Han tackar oss för hjälpen och för vemodigt undan tallriken. "Nåväl... provar man aldrig så får man aldrig veta." Ur väskan plockar han upp något och stoppar i munnen. Säkert någon slags medicin eller matpiller. Jag vill inte fråga. Tycker bara synd om honom. Det känns som att det är dags att komma till ämnet. Tänker på min senaste flash-back... på pesten, massdöden, omstruktureringen av både Moder Jord och Homo sapiens DNA. På *de man inte nämner vid namn.* Jag förstår inte riktigt allt ännu. För mig är det mest overkligt. Det skulle mycket väl bara kunna vara drömmar. Men. Vi har det faktum att framför mig sitter en livs levande mycket udda slags människa. Från framtiden. Som ett bevis på att mina drömmar kanske var mer än bara drömmar. Jag har så många frågor att jag inte vet var jag ska börja.

"Hur ehm... jag menar... varför ehmm... nä alltså vad jag undrar mest är väl... de där... *man inte nämner vid namn*... är det inte dem man behöver få bukt med? Som jag någorlunda förstår det efter mina flash-backs, så omskapar skaparna människosläktet för att få bort de ur människors sinnen. För det är *de man inte nämner vid namn* som är det verkliga hotet för en implodering. Inte människan i sig...?"

"Alldeles korrekt min vän!" ljuder Zaar. "Luta er tillbaka, njut av er Homo sapiens-vänliga föda, ty nu ska jag förtälja er en saga..."

17. SAGOSTUND

14 december 2020

Zaar ser komplett avslappnad ut där han sitter. Hans vita taniga händer vilar på bordet framför honom. De är knäppta som i böno-position. Skenet från blockljusen glimmar i hans isblå ögon, i hans hiphopper-halskedjor. För en kort sekund undrar jag om modet verkligen är så här där han kommer ifrån, är rocken utdöd...?... men hinner inte fråga innan han inleder sin sagostund.

"Skapelsens skapelser har likt sin skapare skapats till dess avbild. Detta inbegriper även förmågan att skapa. Detta är grundläggande att veta. En av skapelsens skapelser tog i sina egna händer att skapa människan. Homo sapiens. De såg med frustrerat sinne på hur långsamt utvecklingen gick på planeten jorden. Enkla ap-liknande varelser levde i samklang med naturen. Dessa frustrerade sinnen befann sig i vårt solsystems binära solsystem. Ett system som vandrar i en elliptisk bana kring vårat och dessa två system möts vart 3600:e år. På lång distans och utan en större risk för kollision, ty himlakroppars elektriska fält håller mestadels varandra på distans likt två batteriers minuspoler. Den givna inverkan från gång till gång är massiv klimatpåverkan som kommer av denna extrema elektriska laddning.

Rasen som härskar i detta binära solsystem kallar sig Anunnaki. De är långa och de är vita. För uppskattningsvis 200 000 år sedan i samband med en närkontakt mellan dessa två binära solsystem kolliderade dessvärre en livsviktig komponent i deras system med en planet i vårt. Viktiga mineraler, likt guld, en komponent som de är beroende av för överlevnad, blev bristvara. De bestämde sig för att nedstiga till planeten jorden för att undersöka möjligheterna att utnyttja dess resurser. Och så gjorde de slag i saken. De möttes då av denna ap-liknande varelse, såg potentialen att blanda sitt eget DNA med dessa inhemska varelser och på så sätt skapa en duglig arbetare som klarade atmosfären och som kunde verka som slavar åt skaparna, gräva guld och förse dem med vad de behövde för överlevnad. På den här tiden existerade intelligenta reptiler på jorden, en vänlig ras som i samråd med Anunnaki gick med på att hålla sig dolda under jord medan människan utvecklades och gjorde sitt arbete för att förse Anunnaki med sitt livsviktiga guld. Avtalet inbegrep att när människorasen infunnit sig i en balans skulle reptilerna åter komma upp ur underjorden och dessa skulle i lycka och frid kunna samexistera.

På tiden det begav sig i människans begynnelse krävdes en hel del försök att få fram en lyckad skapelse. Man använde sig av genteknik, man lekte, man forskade, man skapade all världens bisarra varelser. Kentaurer, sjöjungfruar, flerhövdade två-beningar. Men den stora Skaparen tillät ej detta länge då det gick emot grundläggande etiska och universella lagar. Så Anunnaki inriktade sig på att skapa en korsning mellan apan och sig själva. Projektet var lyckat. Människan arbetade för sina skapare och försåg dem med guld, men inte i den takt som sågs nödvändig. Flera gånger under årtusendena har skaparna stigit ner till människan och lärt henne tekniker, såsom bostadskonstruktion, odling och dylikt. Så att hon skulle våga föröka sig i rask takt. Ju fler slavar desto bättre guld-skörd. Anunnaki kom att se på sina skapelser med öm kärlek och tänkte för 70 000 år sedan att det var dags att nedstiga och sammankoppla delar i hjärnan så att den kognitiva utvecklingen kom att raskas på. Tiden passerade och människornas intellekt ökade i rasande fart... alldeles för snabbt... det blev en fatal obalans i evolutionen ty hjärtat kördes över... människan kom att bli farlig då intellektet tystade hjärtats röst... girigheten tog överhand. Anunnaki bevittnade i skräck hur deras skapelse gick bärsärk och kom att utgöra ett hot, först mot jordens övriga inhabitanter och natur. Deras skapelse hade utvecklats till att bli en ekologisk seriemördare. Reptilerna gjorde sina försök att återta sin plats ovan jord, men hölls tillbaka med stor kraft av Anunnaki. Krig mellan dem utbröt och Anunnaki lyckades pressa ner reptilerna i underjorden ytterligare medan de ovan jord försökte få ordning på sin skapelse. Men så som utvecklingen framskred kom sapiens att börja konstra med maskhål, mörk materia och tidsresor. De kom att bli ett hot mot universum. Anunnaki slet hår. De hade ansvar över sitt experiment. Det mänskliga experimentet. Och de stod nu på randen att hållas skyldiga för universums implodering. Men så tog de beslutet att ingripa och det resulterade bland annat i Lemuriens och Atlantis fall. Specifika platser på jorden som de kunde släcka och samtidigt låta resten få fortgå. I samband med tumultet kring Atlantis fall spreds så mycket sorg och rädsla i det kollektiva medvetandet att människornas sinnen var lätta offer för mörka illvilliga entiteter. Det var där och då som *de man inte nämner vid namn* steg och infiltrerade människors sinnen. Reptilerna som såg vad som försiggick ovan jord blev vansinniga på Anunnaki för deras strategi. Nu hade de släppt in det mörkaste mörker på jorden och vanföreställningarna i människornas sinnen utgjorde nu ett hot mot reptilerna, och för dem att återta sitt land sågs mer och mer omöjligt. De var arga. Mycket arga. De var här först, hade offrat sig i god vilja för att rädda Anunnaki, men nu kom de att bli fast. Det kom även till deras kännedom att indoktrineringen av människan påbörjats. Programmeringen till att tro att ormen i paradiset, även den en reptil, var att frukta... att reptiler ingenting annat var än illvilliga blodtörstande bestar som ville ha ihjäl människosläktet. De såg ingen chans för sin överlevnad än att stanna under jord. De var i stor förtvivlan. De såg hur Anunnaki brutit kontraktet och nu förslavat människan, indoktrinerat henne, vilselett henne, och nu dessutom släppt in sinnets parasiter, vilket de anade skulle leda till att påverka hela galaxen negativt. Likt ett grått ormliknande slingrande moln som slingrar sig ut i universum och påverkar andra planeter och galaxer på ett negativt sätt. Rädsla, oro, stress, skräck, ångest, skam, skuld... begär... motsatsen till kärlek... motsatsen till skapelsens syfte. De var skräckslagna att människan kom att utgöra ett hot mot hela universum. Men sanningen är den att det inte är människan i sig som är hotet. Det är *de man inte nämner vid namn*. En ras som bara existerar i det astrala. Som så listigt passade på att tränga sig på planeten när människornas sinnen var som skörast. Ett medvetande som svart klegg. De lever på hat, rädsla, skam och skuld. De såg ett ypperligt tillfälle att ta sig in i människans sinne när Anunnaki ville skam- och skuldbelägga människan. De beskrivs som en sinnets parasit. De kontrollerar hjärnan hos de som de besitter och använder deras energi. De tog kontroll genom att manipulera historia, vetenskap, religion, förslava människan och göra dem till lätta byten för energistöld då deras väsen får energi av sapiens smärta, rädsla etc. Den här mörka energi-formen kunde leva gott på jorden i takt med att människor förökade sig och krigen härjade. Ju mer energi de fick, ju mer kunde de gå in i sinnena och styra. Skapa oreda. En osynlig existens, men vissa kan se dem... som till exempel Belle. Det enda sättet att utrota dessa är att inse att allt som inte är kärlek är vanföreställningar och inte existerar. Att förlåta sig själv och andra... världen... att återställa harmonin, något som profeter såsom bland annat Jesus och Buddha velat visa oss. Men att återställa harmonin i 7.8 miljarder sinnen är svårt... mycket svårt... och Anunnaki ser nu som enda sätt att återställa harmonin och rädda universum är att omstarta sitt experiment, ta bort de flesta och DNA-modifiera resterande och skapa en ny varelse, Homo evolutis. En sådan som jag. En sådan som jag som insåg att något inte stod rätt till. En cyborg med omgjord hjärna, inget känsloliv, som varken startar bråk eller känner rädsla. En varelse som lever på matpiller och skadar därav varken natur eller djur, en varelse som lever helt annorlunda än alla andra varelser. Att vara jägare, samlare... det ger människan en slags mening, en strävan, ett syfte. En känsla av sammanhang. Att höra ihop med skapelsen. Att känna *the God-spark* inom sig. Men där jag kommer ifrån... där är allt i stagnation, pendeln rör sig inte längre, allt står stilla. Vi känner ingenting såsom lycka, förväntan, längtan, behov, mål. Vad är livet då värt? Våra gener är svårt manipulerade och omstrukturerade till anti-liv. Vi är som organiska robotar. Med EN känsla. EN enda känsla har vi. Och det är att någonting är fel. Därför är jag nu här. För att förhindra deras planer." Han slutar sitt rabblande, fattar grepp om sin kopp Cocoa-Geiser, för den mot munnen, men fryner vid doften, som om han definitivt erinrat sig om sin senaste fadäs vad gäller sapiens-föda. Han ställer undan koppen, blickar ut genom fönstret, upp mot molnen.

"Senast de var här i grannskapet, för 3600 år sedan, då planterade de kapseln... för att om att ifall... deras experiment skulle gå snett... vilket de visste... då de har tekniken att se in i framtiden... hmmm... ja det är invecklat... man kan fråga sig varför de inte utplånade mänskligheten och omgjorde dem redan då... men de visste något... något jag inte lyckats klura ut." Han harklar sig och virrar på huvudet.

"Men något jag däremot vet... av egenupplevd erfarenhet..." säger han och slänger ut sina vita armar som för att presentera sig själv. "...så kommer det att hända sig som så att på den 21:e dagen av december, när Jupiter och Saturnus står i linje med Nibiru, skaparnas residens, då händer grejer. För det första står Saturnus för begränsning, Jupiter för expansion. Det är två motsatser som ni hör. När de står på linje kommer därav extrema mängder friktion att frigöras, vilket genererar energi. Massiva energier. Inte nog med det. Denna konstellation i skyn får som sagt dessutom sällskap av självaste Nibiru. Vid klockslag 9:11, lokal tid vid koordinaterna för kapselns placering, kommer en säreget potent elektromagnetisk strålning från centralsolen Alcyone att omstruktureras via Anunnakis intentiva teknik och med intensiv osynlig kraft aktivera kapselns sensorer och släppa fritt det som legat dolt. Något som vid denna ödesdigra tidpunkt kommer att stiga som liemannen ur sin långa dvala för att ge sig ut och skörda. 7 miljarder ska han plocka."

Stämningen är allt utom munter här runt bordet. Synd på så trevliga bakelser, tänker jag. Kan vi inte byta ämne ett tag liksom? Jag bestämmer mig för att ställa en fråga medan Belle och Zaar ändå sitter och ser molokna ut.

"När du reste i tiden Zaar... har man kläder på sig eller man reser naken?" Jag syftar på hans klädsel. Vad i hela fridens namn fick honom att välja hip-hop-kläder?

Han tittar ihåligt på mig. Belle ser bestört ut. Jag har kanske trampat i klaveret.

Zaar riktar sig mot Belle och de utbyter någon blick som får mig att känna mig utanför. Korkad.

"Tack för frågan River." svarar han lugnt. "Hur det kan sig så komma att jag har så mycket kunskap om det förflutna, er nutid, beror på att jag är medlem i en hemlig rörelse som infiltrerat Det Stora Ledarskapet. Vi har kommit över hemliga arkiv rörande det Stora Förflutna, även kallat Det Stora Misstaget. Vi har sett allt vad de håller hemligt för evolutis-släktet. Det var så jag tog reda på att det var bättre förr. Och det var även så jag tog reda på vad majoriteten av 13-åriga Homo-sapiens-män år 2020 ser som en så kallad allmänt vedertagen klädstil."

"PHA!!" utropar jag. "Error i dina utgrävningar. Hiphop-eran är overrated. Det kallar jag inte musik. Har du lyssnat till texterna? *I'm gönna hump ya ass, hump ya ass..!* Vad fan är det liksom?!" Jag är sannerligen upprörd. Är det verkligen så de minns the youth of 2020!? Och jag som försöker hålla rocken levande.

"River." varnar Belle. "Det spelar väl ingen roll just nu? Vårt uppdrag är betydligt större än nåt sabla musikstils-kindergarten-krig."

Jag fnyser till svar och känner mig ensam i världen. Totalt missförstådd. Så missförstådd att jag inte ens förstår mig själv heller just nu. Sen allt detta började känner jag inte igen mig själv. Drömmarna, flash-backsen, albinon. Hans profetior. WTF? Nyp mig i armen någon.

"Okej... mina vänner." säger jag darrigt, reser mig och trär på mig ryggan. "Tack för idag, jag behöver dra mig undan ett tag och smälta... vi ses imorgon. Tack för fikat."

"River! Är du okej?" ängslas Belle. Det kan hon gott göra.

"Ingen fara... bara mitt stora återhämtnings-behov som kallar. Mycket info att smälta om man säger så." mumlar jag och vankar ut ur byggnaden.

18. DEN GRÖNA KANINEN

15 december 2020

"Är du säker på att du inte vill att jag stannar hemma med dig idag hjärtat?" ömkar mamma. Hon har precis frånvaro-anmält mig på Vklass och hämtat upp en Flat-River-Dagobertare-wannabe-look-alike. Hon har glömt den rostade löken, men jag orkar inte kommentera. Vilket i sig tydligt visar på hur otroligt oerhört miserabelt utmattad jag är. Jag bara skakar på huvudet och vänder mig om. In mot väggen.

"Men jag kommer hem på lunchen i vart fall och tittar till dig." Hon smeker mig över armen och jag grymtar till svar. Så fort hon lämnat rummet sträcker jag mig efter mobilen och skickar ett kort meddelande till Belle och informerar att jag inte kommer till skolan idag, eftersom jag inte sovit ett jota inatt och är vansinnigt trött. Försäkrar att vi ses imorgon i stället.

Sen sätter jag den på flygplansläge. Jag ljuger inte ens ett milligram. Sedan jag kom hem från Zaars sagostund igår, läste brevet från Jerker, satte ihop två och tre och försökte begripa, så har min kropp varit i alarma-läge. SYSTEM-FAILURE. Jag har försökt knacka mig på de där punkterna som ska göra så att lugn-och-ro-hormonerna ska flöda. Lagt mig framstupa i baby-pose. Djupandats med mera med mera. Men denna gången hade knepen ingen effekt. Jag känner mig förbrukad. Vi tretton års ålder. Jag har gröt i hjärnan och diesel i ådrorna, ett lastfartyg över bröstkorgen och en depression som suger livet ur mig. Fort. Jag föreställer mig att alla tankar är svarta helium-ballonger och släpper dem mot skyn. Men någon har fyllt dem med bly och de landar på mig, över mig och håller mig fången. Tårar börjar flöda ur mina kanaler och det finns ingen hejd. Varför ska jag... River Tyre af Sweden... ha hela världens tyngd på mina unga axlar? Det som Zaar berättade igår har jag malt och finfördelat och silat och smakat på hela natten lång. Men det smakade beskt och det fattas ingredienser. Och det är de här ingredienserna jag inatt försökt identifiera. Detta i kombo med rysningar på grund av brevet jag fick av Jerker. Däri låg en bild av en grön kanin som heter Alba. När jag vände på bilden stod ett kort, kryptiskt meddelande i handstil att läsa:

Don't kill the messenger. Uppsök
den gröna kaninen, och följ den sedan.
Den leder raka vägen till mass-
utrotning. THE END!

Creepy or what? Gråter lite till. Känner mig så besudlad. Varför fick jag detta brev? Och varför vågar jag inte visa det för Belle? Och varför har jag en känsla av att detta brev är avgörande? Att nyckeln nu lämnats i min hand. Att detta är beviset på att det är jag, och endast jag som måste ta ansvar för universums vidare VARA ELLER ICKE VARA.

Man behöver inte vara en Einstein för att begripa att om vi nu tillintetgör kapseln den 21:e så kommer vi rädda mänskligheten... men för hur länge? Kommer det då inte sluta så ändå, så som absolut var uteslutet... scenario tre... att giriga så kallade vetenskapsmän och forskare som fixar och trixar med maskhål och mörk materia får frodas fritt och ser till att leda vägen till en massiv implodering? Vad är planen liksom? Som jag förstår det är det klegget som måste bort... sinnenas parasiter. *De man inte nämner vid namn.* Men hur i helvete får man bort det från 7,8 miljarder sinnen? Kanske enda sättet ändå är att låta pesten få härja och att de där skaparna få komma hit och omstrukturera, så undviker vi i alla fall en implodering av universum. Zaar och de andra Homo evolutis får förvisso en sur tillvaro i evighetens fängelse-loop, men hey...?... kan de inte offra sig? Smått egoistisk att riskera en utradering av hela existensen bara för att de ska undslippa the hell-loop! Scenario ett, två eller tre? My ass. Enligt mig borde det finnas ett scenario fyra. Och jag får väl helt enkelt ta det ansvaret själv, tänker jag ilsket och borrar ner ansiktet i kudden. Morrar högljutt så att Rutger dunsar inne i terrariet.

Vart vill då den gröna kaninen leda mig? Efter googling hittade jag detta:

År 2000 skapade en biokonstnär
vid namn Eduardo Kac ett nytt
konstverk. En fluorescerande grön
kanin. I samarbete med franska forskare
togs ett embryo från en vanlig vit kanin
och man stoppade i dess DNA in en gen
från en grön fluorescerande manet, och
VOILÀ! Efter 4 miljarder år av
naturligt urval markerar Alba tröskeln
till en ny kosmisk era då livet styrs av

intelligent design genom biologisk
ingenjörskonst, genom byggandet av
cyborger, och genom konstruerandet av
oorganiskt liv. En motståndsrörelse till
dessa experiment varnar för att ta
skapelsen i egna händer, något som leder
till ättestupan, förr eller senare.

Som jag tolkar detta... nu i nattmössan... efter en sömnlös brainstorming-natt... så kan antingen denna gröna Alba betyda att scenario ett måste bort. Den gröna kaninen är skapad och detta i sig betyder att risken för större misstag är runt hörnet. Misstag som leder till en utradering av universum till exempel. Eller så kan gröna Alba betyda att DNA- mixtrandet kommer att utökas till människor... eller rättare sagt omstrukturerandet av sapiens till evolutis. Kanske det inte alls är några Anunnakis som kommer att landa här inom en snar framtid... utan det är forskare, vetenskapsmän, bio-ingenjörer... giriga människor, proppfulla av *de man inte nämner vid namn* som kommer att ta saken i egna händer och omskapa Homo sapiens DNA. Låter mer troligt enligt mig. Dessutom låter det också helt bisarrt att några långa vita Anunnakis skulle ha mixat sitt eget DNA med en apa och skapat människan. Det går liiiiiiite utanför min uppfattningsförmåga tycker jag... men eh... tja... man får väl vara öppen för förslag. "Skaparna" talades det ju om i flash-backsen. Jag tycker dock att det låter mer rimligt att det helt enkelt är som så att Zaar är en avkomma från oss som existerar nu. Han sade att han var född 2064. Reste från året 2077. Jag räknar snabbt fram i huvudet att Zaar skulle kunna vara mitt barnbarn. Skulle det verkligen räcka med två generationer? Och alla de äldre då? Som jag till exempel. Var är jag 2077? De har väl i alla fall inte lyckats göra om mig? Är alla de äldre döda? Mitt hjärta fryser till Ganymedes-glass. NEEEEEEJ! Jag fattar ändå NADA!! Gud hjälpe mig! Ge mig en ny flash-back snälla, ber jag med knäppta händer. Men det blir inget. Jag somnar och sover djupt ända fram till eftermiddagen. Då vaknar jag med en maffig adrenalin-kick blixtrande genom mina inre el-ledningar. Jag måste ha drömt något, men minns inte. Jag greppar min Gibson och med min övertygelse att jag är den som ska lösa detta tidernas happening river jag av Iron Maidens "The number of the beast".

"Woe to you, oh earth and sea

For the Devil sends the beast
with wrath

*Because he knows the time is
short*

*Let him who hath
understanding*

*Reckon the number of the
beast*

For it is a human number

*Its number is six hundred and
sixty six*

....

I'm coming back, I will return

*And I'll possess your body, and
I'll make you burn*

I have the fire, I have the force

*I have the power to make my
evil take its course..."*

Iron Maiden – The number of the beast
Credits: S. Harris, Tony Newton, Martin Birch

Slänger mig på sängen fullständigt utmattad, det pulserar i pannan och PANG!

19. SCENARIO TRE

Tidigare någonstans i universum

Scenerna börjar med en liten tillbakablick in i scenario två. Då när ledaren drämmer staven i golvet mitt framför mina mockasiner och väser:

"Det vore mäkta synd på en sådan livsgnista som din att slockna...! Var uppmärksam... var ödmjuk... för om du sjabblar detta... på grund av dina fetischer att glömma... att leva on the edge... du med dina adrenalinkickar... OM... Jag säger OM... inte du vaknar upp fullt ut i ditt uppdrag finns risken att du leder oss till ett scenario tre!" väser han. "Och då är det..." ledaren drar sina åtta rappt och vasst framför sin egen hals. "... THE END OF EXISTENCE!"

"Hör du vad jag säger!?" ryter han och jag lyfter blicken samlat och högtidligt.

"Du kommer inte att ångra att du valde mig."
Han nickar, vänder på klacken, trollar med staven och
scenario tre rullar igång.

Vi blir visade jorden på långt håll. Allt ser ut att
vara frid och fröjd. Det är sannerligen en vacker
planet. Den liknar Nibiru på långt håll, bara det att
jorden är sju gånger mindre. Ledaren svänger med
staven och zoomar in. Där är de. Människorna. Några
beige-skinnade i kostymer, några i vita rockar, några
mer brun-hyade, någon med vackert vinklade ögon
och glasögon. De sitter runt ett bord, samtalar. Verkar
upprörda. Hologrammet flackar och scenerna byts till
kolsvarta fält, rödbruna glöd-världar. Sprickor i de
stora kontinenterna. Rasande vindar. 83LL sträcker
sig efter min svettiga oktaklav. I vanliga fall hade jag
tyckt det var genant, men jag låter henne fatta den och
våra åtta har nu blivit 16 hopflätade fingrar. Bilden
zoomar ut igen och vi får nu se den tidigare så vackra
jorden ha tagit ett helt annat uttryck. Den håller på att
lösas upp. Klotet har blivit dubbelt så stort. Med
avstånd mellan alla dessa upplösta partiklar. Jag har
aldrig sett något liknande faktiskt. Lägger märke till
att jag håller andan. Sakta börjar planeten gå samman
igen. Som om allt ska falla åter på plats. Men nej... det
gör det ju inte. Detta är ju scenario tre. Det sugs bara

ihop... in, in, in.... slukar sig självt i ett svart hål... snabbt går det nu. Allt speedas upp. Där rullar Mars, Venus och Jupiter in. In i hålet. Saturnus, och se där... där är ju Nibiru och alla hennes systrar. De ramlar in. Uranus, Neptunus, Pluto.... och så... om än motsträvigt... Solen tillsammans med Merkurius. Borta. Bilden zoomar ut än mer. Galax efter galax sugs in i denna kraftfulla dammsugare.

"Avbryt!" vrålar jag. Drar efter andan ett par gånger medan ledaren belåtet blickar mot mig och stryper hologrammet.

"Bra... du har åtminstone förstått allvaret." Han vankar med långa ben åt höger och åt vänster genom atriumet. Hans steg ekar i mitt nedsmutsade sinne.

"Det finns ingen återvändo, ingen återfödelse för alla själar som sugs in i hålet. Det finns inte heller något stopp. För varje partikel som äntrar detta hål ju kraftfullare blir dess hunger. Allt kommer att förgås. ALLT! Vi kommer återgå till tiden innan tiden, innan rummet eller tomrummet. Allt tack vare den lilla giriga Homo sapiens."

"Hold your horses." säger jag modigt. "Du vill att vi satsar på scenario ett, och där låter vi ju sapiens leva vidare i och med tillintetgörandet av kapseln...

men då kvarstår ju hotet." Jag rycker på axlarna. Klok-
ler rebelliskt.

"Nej!" ryter ledaren. "Jag visade nyss scenario
ett!" Han slår staven dominant ned i golvet. "Scenario
ett slutar väl. Framtids-pojken försvinner. Slutet gott,
allting gott." Hans röst är inte en ängels om man säger
så och han böjer sig ilsket emot mig. Våra andningshål
är nu endast två centimeter ifrån varandra. Jag
förnimmer att han ätit sappel-sticks. "Är du lämpad
för det här uppdraget eller inte!?"

"Joo, klart jag är... jag bara tänkte att..."

"Tänk inte så mycket R1V8!! Detta är sista
varningen. In or out!?"

"Jaa... jaa... in." mumlar jag, fattar ändå inte att
scenario ett skulle vara safe. *De man inte nämner vid
namn*... de är väl kvar såsom jag fattar det... och då...

83LL hör mina tankar och ber mig att lita på
planen. Inte ifrågasätta så mycket. Typiskt mig bara,
rebellen som har svårt med auktoriteter.

Tack för den, tänker jag och vi gör oss redo för
ett tillfälligt så kallat farväl av varandra och våra
kroppar på skeppet. Ljustuberna står redo, som alla
andra gånger vi farit på uppdrag. Snart är vi tillbaka.
Det är som en natts sömn ungefär.

"God natt min skatt." säger jag och kysser min kära. "Vi ses imorrn."

Precis innan sömngasen slår ut mitt medvetande och fryser min kropp, skickar min själ ner in i fostret i Jane Tyres mage, så drar en sorgsen tanke genom mitt sinne. Varför är ledaren så hjärntvättad och godtrogen att han inte ser att scenario ett är lika med scenario tre? Det måste finnas ett scenario fyra.

20. SON OF A PREPPER-MAN

16 december 2020

Det är onsdag och jag är åter i skolan. Vi sitter alla och lyssnar på Jerker som ömsom gnider sig över magen, ömsom slickar på sitt pekfinger och bläddrar i en diktsamling han högläser ur. Ytterst bortslösad tid. Belle har läst lusen av mig för att jag hade mobilen på flygplansläge under hela gårdagen och hon fick oroa livsessensen ur sig. Efter mina bestämda förklaringar att jag behövde egentid efter att min värld nyss vänts upp och ner, sett riktigt eländig ut och tagit mig för bröstet och dragit några djupa andetag verkar hon lugna sig. Jag tänker varken berätta vad jag luskat ut under mina ensamma timmar, eller att jag haft ännu en flash-back. Jag tänker heller inte yppa någonting om den gröna kaninen och ingenting om hjärntvättade blåa ledare. Än mindre om scenario fyra.

På rasten smiter jag in om på toa, gör vad jag ska, glipar på dörren och kollar så att kusten är klar. Ingen Belle. Ingen Zaar. Jag visslar in i salen igen. Jerker sitter i sin snurrstol, scrollar på mobilen och biter på sina naglar.

Jag har min svarta Iron Maiden-number of the beast-t-shirt på mig. Pekar på den och ställer en metaforisk fråga. "Den gröna kaninens skapare är the beast? Pesten måste få härja. Survival of the fittest is da cure, aight?"

Han bara ballglor på mig, som om jag totalt tappat det. Förståndet. "Vad i hela fridens namn svamlar du om River?" Han virrar på sitt runda huvud så att kinderna skvalpar. "Aaahhh, det är en tolkning av dikt 4?" ler han kvickt. "Liiiite långsökt... men tjaaa... intelligent må jag påstå."

"Hahaha...nääää... jag syftar på... du vet..." Jag höjer menande på ögonbrynen, lutar huvudet en aning framåt. "... the message."

Han skrockar så livligt att stolen knirrar. "Åååååhhh... hahaa... ja du var mig då en dold talang du. Musiker vet jag att du är... men se där... även poet."

"Nej jag..." protesterar jag diskret, men hinner inte få svar på min fråga innan några plugg-ugglor äntrar salen i god tid före nästa lektions inledande.

"Never mind." slokar jag och lunkar ut igen. Detta får bli helt upp till mig tydligen. Han tycks inte vilja kännas vid det. Det är antagligen så pass TOP-SECRET att hans liv är i fara om vi ever talar om det igen. Jag vinklar munnen som ett lutande bindestreck. Tyngden över mina axlar blir än tyngre.

Efter lunch-rasten har vi håltimme, så jag, Belle och framtids-snubben bestämmer oss för att slå oss ned i hörnan invid träslöjds-salen.

"Hur mår du?" frågar Zaar. "Du verkar disträ."

"I have a lot on my mind bara." ler jag försiktigt.

"Jag förstår om detta är oerhört överväldigande... inte minst tack vare att du valde att glömma. Det är inte lätt att vara människa, vad jag läst... med alla lager av programmeringar, vanföreställningar och dylikt. Människor tror att de är separerade, tomma. Att de behöver fylla ett tomrum med kärlek, saker från utsidan. Något som bara leder till än mer tomhet, girighet och avundsjuka. En ego-konstruktion. Där *de man inte nämner vid namn* får fäste. I allt som inte är kärlek. Kärlek som människorna i sanning är. De lever i sina vanföreställningar som är skapade av egot... tills den dag de vaknar och inser att de inte är egot. Utan anden som driver kroppen. Som är tänkaren bakom tanken och som har kapacitet att välja hur den vill uppfatta livet. Den dagen de vaknar och inser att de är skaparna och inga offer, det är dagen då de besegrat *de man inte nämner vid namn.*" Han blickar drömmande ut i intet.

"Mmhmm... du har läst. Jag har åtminstone känt på hur det känns att vara människa. På riktigt. Känslor... ångest, längtan, ja jävlar i det... det har jag upplevt i mina dar." slänger jag ur mig. Kanske lite väl präktigt. "Så jag, om någon, av alla oss tre... kan avgöra om *the human experiment* är värt att räddas eller ej."

De verkar ha tappat snackan båda två.

"Är det det då?" mumlar Belle. "Jag för min del... jag vill lämna min human experience och återvända till skeppet så fort vi är färdiga med uppdraget."

"VAAA?" utbrister jag. "Ska du ta livet av dig eller? Men din mamma då? Bryr du dig inte om att hon kommer att bli totalt förkrossad?" Jag är helt tagen. Jag vet inte längre vad jag ska säga eller göra, eller tro eller tänka.

"Men River... du vet precis som jag att döden inte existerar. Det är bara en illusion. Vi bara lämnar ett rum och går in i ett annat."

"JAAA! Men de som blir kvar... de vet ju inte det... de kommer att lida och sörja och hela deras liv kommer att bli upp och ner vända." ryter jag. För jag begriper inte hur man kan vara så känslokall.

Hon drar fingrarna genom sin kastanjebruna svans som ligger prydligt fram över ena axeln. "Du minns alldeles för lite än River. Vi kom överens att återvända efter nyår. Du får snart fler flashb..."

"Jag skiter blanka F i vad vi kommit överens om. Jag tänker inte ta livet av mig och lämna min familj i sticket." Jag skakar. "Det kommer gå åt helvete om vi bara drar. Scenario ett? My ass. Tillintetgöra kapseln och sen bara godtroget dra!? Fattar ni inte att det är nåt skumt här? Vi räddar människorna från en massutrotning... so far so good... men när? NÄÄÄÄR...?... kommer hela skiten implodera. För scenario ett säger absolut NADA om hur *de freaking demons man inte nämner vid namn* lämnar the minds of men!"

"River, vi måste lita på planen. Vi måste lita på ledaren. Detta är vårt uppdrag. Vi slutför det, sen åker vi hem." försöker Belle. Zaar instämmer med saklig nickning.

"Lita på planen? Det finns ju ingen plan. Scenario ett är bara avhugget. Det är nåt som inte stämmer! Hör ni inte hur dumma ni låter?" vräker jag.

"Det blir en utmaning detta." viskar Zaar till Belle och jag låtsas som om jag inte hör. Men jag håller med. Det blir en utmaning detta. För mig. För jag ska driva igenom scenario fyra utan att de ser det komma. Delvis för universums överlevnad, delvis av högst personliga skäl. Jag vill stanna, jag vill ha fri tillgång till ost tills min jordliga avatar har gjort sitt på grund av ålderdom. OCH jag vill ha kvar Belle vid min sida.

Jag ska precis till att fortsätta förlöjliga deras hjärntvättade teorier och begära bevis på att Anunnaki ens existerar. Jag misstänker nämligen starkt att det endast och allena är som så att människans ego, aka the Beast är boven i dramat. Och precis som den gröna kaninen varnar för så måste en massutrotning till. Tyvärr. Barn och de som sett förbi egot, överkommit sina vanföreställningar... är de som kommer att överleva och bygga upp en fredlig mänsklighet. Alla krig kräver sina offer, men jag tror och vet att dessa själar gladeligen offrar sina köttkostymer för att åtminstone leva vidare som själar. Jag vet att de skulle ha velat att jag gör detta för allas fortsatta existens. Så jag biter mig i tungan. För en sann hjälte dömer inte utan vet att var och en har sina begränsningar, sin resa, sitt bagage. Det får vara okej. Jag ska visa dem.

"Förlåt." säger jag med rak rygg. "Det är mycket att ta in bara... jag... ehmm... det är som gröt i hjärnan."

"Det är okej." säger de i kör och ler ömt. Jag har lyckats lura dem.

"Sååååå.... hur gör man nu då för att tillintetgöra innehållet i den där kapseln?" frågar jag för att samla lite kött till mina plansaboterings-ben.

Zaar berättar att tiden kommer att frysas exakt klockan 9:11 den 21:e december. Gruppen som infiltrerat Det Stora Ledarskapet har kommit över avancerad kvant-rums-tids-teknologi. Endast vi tre kommer att klara oss undan frysningen. Men det är av yttersta importans att vi i detta kritiska ögonblick håller varandra i händerna, då Zaar överför koder från sitt hyper-system till våra tallkotts-körtlar. Vi kommer att ha tillgång till att använda fordon vi kommer över för att färdas till platsen. Det är en bit att köra och jag och Belle kommer att vara åter hemma exakt klockan 9:11 den 24:e december. Zaar kommer att försvinna i samband med tillintetgörandet. Så på julafton fortsätter livet på jorden som om ingenting hänt. Bara jag och Belle kommer att veta att det egentligen gått tre dagar. Tre dagar av mörker. Sen börjar tiden ticka igen. Himlakropparna hålls på paus även de, och the Great Conjunction kommer att inträffa right on time. MEN. Då kommer kapselns innehåll att vara dött och ingen pest kommer att spridas.

Tror han ja.

"Okej... men exakt hur gör vi för att släcka hotet?"

"Det får jag inte avslöja förrän vi är på plats."

Jag vill slänga bak med huvudet och drämma näven i bordet, men tvingar mig att ta det coolt. Det är viktigt för min egen överlevnad när pesten släpps lös att jag inte håller mig kvar i egots grepp. Då åker jag till skeppet och där finns ingen ost.

"Okej." Det spänner i käkmusklerna. "Men varför just vi tre då?"

"Ni två, för att ni har uppdraget inkodat i er själssignatur. Jag, för att jag har synen från framtiden."

"Synen?" frågar jag.

"Jag kommer att överföra bilderna från framtiden i samarbete med er inkodade förgörande-kraft och på så vis kommer vi tillsammans med viljestyrka visualisera en syn där evolutis inte finns."

"En värld där ingen existens alls finns måhända, om det vill sig illa." Jag kan inte låta bli. Är väldigt nöjd med vad jag lyckats luska ut.

"Det är viktigt att vi litar på planen. På uppdragets karaktär." upprepar Belle.

Den enda som har någon form av karaktär här är MOI. Överlevnads-karaktär. Survival-instinct is in my blood. Son of a prepper-man. Jag reser mig och pekar mot klockan på väggen. Det är snart lektion. Jag tar täten och nynnar diskret på Dusty Springfields *Son of a Preacherman*. Gör om texten lite...

"The only one who could ever save
us
Was the son of a prepper man
The only boy who could ever save us
Was the son of a prepper man
Yes, he was, he was, ooh, yes, he was..."

Credits for the original: John David Hurley, Ronnie Stephen Wilkins, Jerry Wexler, Tom Dowd, Arif Mardin, Dusty Springfield

Jag har en väldigt viktig fråga till, men den tar jag imorgon. När skolan slutar för idag är det jag som ska hem och tänka, planera och luska. All by myself. Fem dagar kvar. Det är goda tider.

21. REPTILER UNDER LUPP

17 december 2020

Det är torsdag och jag halvligger i soffan. Youtube rullar. Mina käkar mal på en himmelsk Flat-River-Dagobertare. Ur min gamla hederliga Star-wars-mugg ångar brännhet varm choklad, toppad med mini-marshmallows och en klick smält grädde. Alla andra i familjen är iväg på sina slav-sysslor. Jag känner mig utbränd efter gårdagskvällens intensiva brainstorming. Sade till mamma imorse att jag hade huvudvärk och kände mig yrslig. Det händer ibland när min hjärna blivit överstimulerad och jag inte lyssnat till mitt behov av återhämtning. Men det har inte varit råd med sådan lyx. För det närmar sig LE GRAND FINALE och jag har ett tungt ansvar på mina axlar. Det är tuffa tider minst sagt. Men vad gör man inte för universums fortsatta existens? Nu får jag några timmar ifred att ta itu med mina teorier, mina planer och liksom få alla pusselbitar att klaffa. Jag har tagit med mig Rutger ner från terrariet. Han kilar runt på golvet, upp och njuter i en långpanna med ljummet vatten jag placerat i mitten av en stor handduk. Måste vara på alerten och städa upp innan mamma kommer hem. Hon skulle utan tvekan få härdsmälta om hon sett att en reptil trampat runt i hennes rulltårte-panna. Jag kan inte hålla tillbaka ett bubblande skratt. Den glädje-energin är tydligen magnetisk för Rutger skyndar fram till mig och vill ha hjälp upp i mitt knä.

"Tjena killen. Idag ska jag googla på dina släktingar." säger jag milt och grepar runt hans mjuka kropp. "Dina vänner och mina vänner. Enligt Zaars saga så är de även Homo sapiens vänner, som dock blivit nedsända i underjorden och smutskastade, hånade..." Jag lägger på det avlånga soffbordet vad jag har kvar av smörgåsen, och tar en klunk varm choklad. "AAAaaahhhh!" njuter jag. "Du vet... jag tror att jag har hittat nyckeln." säger jag hemlighetsfullt och Rutger stirrar nyfiket på mig med sina stora blanka ögon. Hans lilla tunga slinker runt kring hans gap. Han är så himmelens söt. Leopardgeckos ser ut som om de ständigt ler. "Hur kan folk tycka att reptiler är läskiga?" tänker jag och virrar på huvudet. "Aaaah just det... programmering."

Jag trycker fram sökrutan på Youtube och söker på reptiler, Atlantis, Anunnaki. Kollar några videos. Stänger ner. Fiskar upp mobilen. Googlar runt på detsamma... utökar sökorden med Toth, Emerald-tablets, sumeriska tavlor, Edens lustgård. Läser, läser, häpnas, och jublar. Förfäras och stärks. I en salig blandning. Tiden tickar och jag måste städa undan, dra mig tillbaka till rummet och meditera över allt. Hoppas på att det då klarnar.

Jag erinrar mig om vad Zaar berättade. Att vid tiden för Homo sapiens skapande existerade intelligenta reptiler på jorden, en vänlig ras som i samråd med Anunnaki gick med på att hålla sig dolda under jord medan människan utvecklades och gjorde sitt arbete för att förse Anunnaki med deras livsviktiga guld. Avtalet inbegrep att när människorasen infunnit sig i en balans skulle reptilerna åter komma upp ur underjorden och dessa skulle i lycka och frid kunna samexistera. När reptilerna senare tog sig upp för att återta sin plats förvägrade Anunnaki dem deras forna makt. Ett krig utbröt mellan reptilerna och Anunnaki. Gamla målningar i Egypten såväl som på 6000 år gamla sumeriska tavlor sägs vittna om dessa varelsers existens. Långa Anunnakis sågs av vissa människor som gudar, reptiler sågs av andra människor som gudar. De är alla avbildade i sten från lång tid tillbaka. Reptilerna hölls tillbaka i underjorden med stor kraft, och till sin förtvivlan såg de hur människorna blev vilseledda, indoktrinerade till att vara rädda för dem. De fick allt svårare att vistas ovan jord. Tiden gick och i samband med tumultet kring Atlantis fall spreds så mycket sorg och rädsla i det kollektiva medvetandet att människornas sinnen var lätta offer för mörka illvilliga entiteter. Det var där och då som *de man inte nämner vid namn* steg och infiltrerade människors sinnen. Reptilerna som såg vad som pågick ovan jord blev vansinniga på Anunnaki för deras strategi. Nu hade de släppt in det stora mörkret på jorden och vanföreställningarna i sinnena på människorna utgjorde nu ett ännu större hot mot reptilerna än innan. Att de åter skulle kunna ta tillbaka sitt land sågs mer och mer avlägset. De var mycket arga. De var här på jorden först. De hade offrat sig i god vilja, i god tro för att rädda Anunnaki, men nu kom de att bli fast. Det kom även till deras kännedom att indoktrineringen av människan eskalerade. Sägner florerade för att få dem att tro att ormen i paradiset, även den en reptil, var att frukta. Reptiler var inget annat än illvilliga blodtörstande bestar som ville fresta och döda människosläktet. De såg längre ingen chans för sin överlevnad än att stanna under jord. De var verkligen i stor förtvivlan. De såg hur Anunnaki brutit kontraktet och nu förslavat människan, indoktrinerat henne, vilselett henne, och nu dessutom släppt in sinnets parasiter, vilket de anade skulle leda till att påverka hela galaxen negativt.

Mina funderingar och aningar är att dessa Anunnakis kom att bli giriga. Ville härska själva. Kanske inte helt av ondo. Jag menar... de skapade ju faktiskt en intelligent varelse som kom att bli lite mer farlig för ekologin än de kanske ämnat. De såg sin skapelse som sitt ansvar och vågade helt enkelt inte släppa taget, utan med järnhand fortsatte de att styra och ha kontroll så att människan inte skulle komma att åstadkomma en implodering av universum. Som tydligen nu står alldeles runt hörnet. Reptilerna var de stora förlorarna i detta kapitel så att säga. Kanske Anunnaki inte har något val. Jag tror som så att båda grupperna ville gott, men att det blev så fel på grund av missförstånd. Missförstånd som ledde till krig. Hmmmm.... min dröm jag hade som barn kanske vill säga mig något. Jag erinrar mig en återkommande dröm jag hade. Bilderna är flyktiga... men det var en stor drake som var inlåst i en bur. Ett stort hänglås dinglade framför gallret. Jag erinrar mig något vi nyligen pratat om på religionskunskapen. Googlar. Bibeln säger i Uppenbarelseboken 20:1-3:

Draken binds för tusen år

Efter det fick jag se en ängel komma ner från himlen. Han hade nyckeln till avgrunden och en stor kedja i sin hand. ² Han grep draken, den gamla ormen, som är djävulen eller Satan, och band honom för tusen år. ³ Sedan kastade ängeln ner honom i avgrunden och låste den och förseglade den, så att han inte kunde bedra folken förrän de tusen åren hade gått. Men efter det måste han släppas lös igen för en kort tid.

Själv begriper jag ju att bibeln kan vara aningen twistad. Det är inte min mening att vanhelga bibeln men jag är för friheten till att skapa sig sin egen tolkning. Och det kan faktiskt vara så att vi här har en text som kan vara beviset på att man försökte smutskasta reptilerna, låste ner dem i underjorden. Men också att deras tid i fängelse är begränsad. Vad är tusen år egentligen? Det kan vara metaforiskt. Kan det vara så att tiden är här snart, då reptilerna kommer upp ur underjorden igen och återtar sin makt. Är det därför Annunaki vill utrota Homo sapiens-släktet och snabbt göra om dem till cyborgs och ha komplett kontroll över dem via avancerad teknologi? Är det deras sista försök att hålla sina slavar kvar i sitt grepp? För reptilerna kanske är på väga att släppa dem fria? Hmmmm... jag har ådragit mig huvudvärk och illamående. Mänskliga hjärnor är inte färdigutvecklade förrän man når en ålder av cirka 23 år. Så hur tänkte man att jag som 13-åring skulle lösa detta problem utan smärta och sammanbrott? Jag tillåter mig att ta en kort paus. Greppar Gibban och plinkar en stund. Whitesnakes Love ain´t no stranger.

"I looked around an' what did I see
Broken hearted people staring at me,
All searching 'cause they still believe,
Oh, love ain't no stranger..."

Credits: David Coverdale, Mel Galley, Martin Birch

"Precis så är det ja." tänker jag vemodigt. Människor har fallit i glömska om vem de är utan sin kropp. Men någonstans i djupet vet de... och därför söker de. De tror sig vara en kropp, och en kropp är inte evig, alltså tror de sig ständigt vara i fara, utsatta för attack. Men attack är motsatsen till kärlek och den fullkomlighet som de är där inne i djupet. I anden. Denna ständiga separations-mentalitet, denna illusion de tror på, dessa vanföreställningar håller dem i låga frekvenser. Och det är kanske helt enkelt så att *de man inte nämner vid namn* göder sig gott på dessa. Även om jag har liiite svårt för den teorin. Ooh jisses kors. 7,8 miljarder människor med feberfantasier. Det blir mycket näring åt dem. Hur i all sin dar ska man bli av med det problemet? Mina mungipor pekar ner på mina fickor. I vilka jag har mini-Babybel. Inte ens det hjälper. Jag drar in ett djupt Buddha-andetag. Mästare som honom... Buddha... och Jesus... och Muhammed med flera med flera... har genom årtusendena nedstigit in i mänskliga kroppar för att undervisa människan om kärlek, om vägen ifrån lidande. Men hur gick det? Jag lyfter blicken och tittar ut genom fönstret. Ett stort bulligt moln. Med formen av en rund jul-ost. Nu är det min tur. River Tyre. Ska jag bli lika ihågkommen som Jesus och Buddha? Jag kliar mig i örat, pickar mig lite över bröstkorg och nyckelben för att frigöra lugn-och ro hormoner. På tyget som skiljer fingertoppar och bröstskinn står det 666. Jag tittar på min vän Rutger, the Reptile. Tänk ändå... all denna tid har historien varit twistad. Och här kommer jag. En bit av himlen, som Belle kallat mig. Den afrikanska turkosen som hänger i ett snöre kring min hals påminner mig om mitt uppdrag. Jag sluter mina ögon en stund. Tvingar mig att brainstorma fram *Operation: utrota det svarta klegget.* Also known as *Scenario fyra.*

Hur ska klegget fås bort? Hur ska klegget fås bort? Hur ska klegget fås bort?

För att förgöra fienden måste man lära känna fienden. Jag letar upp Toths Tablet number VIII och läser om och om igen i hopp om att energin mellan raderna ska trolla fram botemedlet. Texten är otroligt lång och tung, men ett visst parti tilltalar mig lite extra:

Speak I of Ancient Atlantis,
speak of the days
of the Kingdom of Shadows,
speak of the coming
of the children of shadows.
Out of the great deep were they called
by the wisdom of earth-men,
called for the purpose of gaining great power.

Far in the past before Atlantis existed,
men there were who delved into darkness,
using dark magic, calling up beings
from the great deep below us.
Forth came they into this cycle.
Formless were they of another vibration,
existing unseen by the children of earth-men.
Only through blood could they have formed being.
Only through man could they live in the world.

In ages past were they conquered by Masters,
driven below to the place whence they came.
But some there were who remained,
hidden in spaces and planes unknown to man.
Lived they in Atlantis as shadows,
but at times they appeared among men.
Aye, when the blood was offered,
for they came they to dwell among men.

Det var måhända så de kom. De osynliga. *De man inte nämner vid namn.* Framkallade ur mörkrets djup av giriga män. Men tydligen kan de ta form om man ger dem blodsoffer. Mina tankar går tillfälligt till julbordet. Med alla dess blodsoffer. Girigheten kring julklappar, prylar. Varför allt detta i samband med Jesu födelse? Det är troligtvis komplett mockery mot godheten. För att inte tala om vad jag nyss råkade komma över i mina googlingar. Man blir alldeles mörkrädd. Det fanns rykten om att Jesu riktiga födelse inträffade den 11:e september, och att det är därför attacken mot Twin Towers, denna enorma fruktansvärda blodsritual, skulle vara ett tidernas mockery på godheten. Så att människors programmering ska vara inställd på sorg, denna i grund och botten vackra dag. Och massor, massor av föda åt *de man inte nämner vid namn*. Rena fest-dagen för dem. Jag förvånar mig inte ett dugg. Ingenting i denna värld är som det verkar. Det är en sak som är säker. Det vi har att göra med är en osynlig fiende. Som infiltrerat sinnena av merparten av jordens befolkning. "Detta blir ingen lätt nöt att knäcka." tänker jag och blir sugen på att gå ner i köket och knäcka mig en valnöt.

22. SCENARIO FYRA

17 december 2020

"CRRÄÄÄÄCKKK!" Skalet faller av. Inuti ligger hjärnan. Ja, den ser ju ut så. Valnöten. Smärtan är det som krossar skalet kring er visdom, som pappa brukar säga. Jag tror han gjort sin egen version av Kahlil Gibrans ord i Poeten:.

> *"Och en kvinna sade, Tala till oss om Smärtan.*
> *Och han svarade:*
> *Er smärta är det som krossar skalet kring ert förstånd.*
> *Och liksom kärnan i frukten måste krossas för att dess hjärta ska kunna stå i solen, så måste ni lära känna smärtan.*
> *Och kunde ni behålla hjärtats förundran över de dagliga miraklen i ert liv,*
> *så skulle smärtan inte tyckas er mindre förunderlig än glädjen;*

Och ni skulle acceptera hjärtats årstider, liksom ni alltid har accepterat årstiderna som går fram över era fält."

Jag tar en till, mumsar och undrar hur de så kallade skaparna kommer gå tillväga för att omstrukturera kopplingarna i sapiens hjärnor. Jag ska fråga Zaar imorgon. Hur lyckas man stänga av känslor, begär och livslust? Hur stänger man av alla receptorer för *de man inte nämner vid namn* att fästa på? Finns säkert ett annat sätt än att göra sapiens till en känslotom behållare. Svaret måste finnas i någon av mina flashbacks som jag ännu inte fått se. Det kan bara inte vara så freakin´ hjärndött att bara vi följer planen och verkställer scenario ett så är allt frid och fröjd. Universum kommer att implodera inom kort. Jag virrar frustrerat på huvudet och mina lockar kittlar mig på halsen. Reptilerna har kanske ett bättre alternativ. Jag öppnar kylen. Taygers teckningar klär in hela fronten. Jag greppar mig en julmust. Går sen till högskåpet där mamma gömt pepparkakorna. Tar en handfull och slår mig ner vid köksbordet. Datumljuset är nedbränt alldeles korrekt till 17. This is the final countdown, tänker jag och tårar stiger i ögonen. Och nej, det är inte på grund av kolsyran som river... utan på grund av genuin oro. Jag måste. MÅSTE! Skapa ett scenario fyra. Mina ögon dras av någon anledning till kylen. Jag spetsar blicken. I handtagshöjd sitter en ny teckning. Det är ett lila tåg, en massa streckgubbar. Små. Kanske det är barn. Man ser dem genom fönsterna. Ovanför skiner två solar. Bredvid står två långa skugg-gestalter. Underst står det skrivet BAJ-BAJ.

"Pchuuh-host-host!" Jag sätter pepparkaks-smulor i halsen.

Det är hans dröm han avbildat. Vilka är de långa? Är det Anunnakis som fångar in barnen och skickar dem till läger där genmodifieringen börjar? Eller är det reptiler som räddar dem, de överlevande barnen efter att pesten släppts lös? Är det reptiler som kommer upp ur avgrunden och räddar dem undan Anunnakis innan de landar? Håller dem gömda tills de skrämt bort dem igen? Övertygat dem om att detta är deras jord, att de tar hand om överlevande sapiens-barn och ämnar leva i fred sida vid sida med dem tills vidare. Inga mer *de man nämner vid namn* kommer att få fäste. Inga evolutis behöver skapas. Inga reptiler kommer utrotas heller. De tar tillbaka sitt land. Slutet gott, allting gott. Tack vare att River Tyre, den never-to-be-forgotten-hero var vaken och såg till att ta saken i egna händer.

Jag drar en djup suck av välbehag. Lutar mig bak i stolen. Stoppar en pepparkaksgris i munnen. Tänker på all ost i världen. Som aldrig ska få lov att förgås. JA. Så får det bli. This is scenario fyra.

Tre ungdomar anländer i de
smällkalla värmländska skogarna.
Två äro stjärnfrön on a mission. De
är sprungna ur en annan galax. En
äro en miss-skapelse från en framtid
som ska göras ogjord. Marken är lika
frusen som tiden, men tack vare en
rocker finns muskelstyrka att gräva
upp en gömd kapsel. Den modiga
rockern, det rebelliska vakna
stjärnfröet, saboterar makthavarnas
onda planer. Han lägger sin vision
på att förhindra kataklysm,
förhindra förstörandet av Homo
sapiens DNA, oskapa miss-
skapelsen, frisätta reptilerna,
återställa ordningen. Det han gör är
en stor insats. Offer kommer att
krävas. Så som i alla krig. Men. Upp
på tronen skall han stiga. Och alla

själar skall honom salutera. De skall honom buga och tacka för sin själsgnistas fortsatta existens. Hans namn är River Tyre. Ära vare Gud i höjden.

23. SJU SVÅRA ÅR

18 december 2020

Äntligen fredag, sista skoldagen för terminen. Fick meddelande på Vklass igår kväll att de tagit beslutet att tidigarelägga jullovet eftersom de tror att det ska hålla smittspridningen nere så att chansen är större att man är frisk till jul och kan umgås med sina nära och kära. Dock är rekommendationerna max åtta personer. Jag har själv mina aningar att det blir en lugn jul hos oss. Gärna för mig.

Jag gör mina vanliga morgonbestyr, min vanliga smörgås och sätter mig en stund i soffan. Morgonnyheterna rullar och en kvinna basunerar ut att Sverige nu beställt in en hejdundrandes massa vaccin, så... nu jäklar i det ska vi injicera hela Sveriges befolkning och utrota den här smittan. Den här osynliga fienden, som hon uttrycker det. Vad märkligt tänker jag... att ett vaccin tagits fram på så kort tid, när det egentligen måste få gå helst fem eller tio år för att få ett vaccin godkänt. Biverkningarna kan komma efter lång tid. Mina ögon smalnar. "Vi ska vaccinera hela jordens befolkning." predikar hon vidare. Här ligger definitivt en hund begraven. Det sensar min inre lögndetektor. Kan det vara så att...?

"Jivvå!!" Min lillebror kommer stapplandes med en Lisebergskanin i famnen. En grön. Precis efter pratet om mass-vaccinationer... *följ den gröna kaninen. Den leder raka vägen till mass-utrotning.* Orden i brevet från Jerker gör sig smärtsamt påminda. Måste vara ett tecken. Och jag tror på tecken. Certainly!

"Godmorgon krampan." säger jag. "Ska du inte till dagis idag?"

"Det hetå faktist föjskola!" säger han bestämt och nyser, snörvlar och ser samtidigt lycksalig ut.

"Ah, du har symptom." konstaterar jag.

"Jag saa äta kuckelimuck-medecijn idau. Det hjälpåj."

"Hahaha... jaaa jag vet! Det är enda medicinen." skrattar jag. "Karlsson på taket var allt en klok man i sina bästa år. Har du drömt om det där lila tåget nåt mer?" luskar jag.

"Neej!" Han virrar intensivt på huvudet. "Jau vill ente."

"Vem var det som hämtade barnen i drömmen?" Jag måste veta.

"Jau vet ente." Han ser modstulen ut.

"Okej, men berätta för mig om du drömmer igen brossan." ber jag varsamt och reser mig. Dags att borsta tänderna och sen dra till institutionen för indoktrinering av blivande slavar. Typ.

Skoldagen flyter på som den brukar. De enda udda händelserna förutom tomtegröten till lunch är:

ETT: När Zaar svarar på min fråga om hur genmodifieringen gick till och han berättar att det pågick en långvarig process där frekventa injektioner sakteliga födde fram rätt sorts embryo-prototyp. Homo evolutis. Det tog sju år. Sen var Homo sapiens ett minne blott. Homo evolutis hade fötts fram. En känslotom slav där åtminstone *de man inte nämner vid namn* inte kunde infiltrera sig. Fred på jorden. Ingen implodering. Och inte heller någon livskvalitet för dessa cyborgs. När jag frågar när injiceringarna börjar vill han inte svara. Därav kan jag inte koppla ihop om det är dessa injiceringar det pratades om på TV imorse det handlar om eller några andra... längre fram i framtiden. Jag blir irriterad över hans hemlighets-makeri. Det är klart som korvspad att han är hjärntvättad. Precist enligt mina misstankar. Jag blir än säkrare på att min plan måste verkställas.

TVÅ: När syslöjds-lärarinnan Bodil kommer fram till mig under tiden jag försöker färdigställa min lappfilt. När hon stryker sina knotiga händer över min skapelse och viskar: "Se såna gröööööna skööööna nyanser. En grööön här... en annan grööön där. Bara grööönt. Grööönt grööönt grööönt!" Sen skrynklar hon ihop den mitt framför mina ögon och lägger ner den i mitt knä. "Det kan aldrig bli grönt nog." Går därifrån och gör en konstig ryckning på kroppen. Endast jag tycks ha sett och hört.

Vid sjutiden på kvällen träffas vi alla tre hemma hos Belle. Hon är föräldrarfri och vi ämnar planera inför trippen på måndag morgon.

"Är du moll allena?" frågar Zaar när vi alla tre sitter på den smutsrosa rya-mattan på Belles rum. Ja, det kallas så. Smutsrosa. Jag vet, ty min mamma har nyligen köpt en likadan till vår tvättstuga när hon åter igen skulle förnya och försöka fylla ett tomrum.

"Jill är på dejt." ler Belle. "Det är en man hon träffat via Zoom-träffarna för utbrända. De har nog massor gemensamt." Hon gör en gest mot brickan som står placerad mellan oss. Vindruvor, pepparkakor, krämig brie-ost, chokladlinser och skumtomtar. Zaars ögon glittrar när han stoppar en tomte i gapet. Han Med-scannar sig direkt efter att han svalt den.

"Jag är glad för hennes skull om hon träffar en fin man... nu när jag snart lämnar." Hon stoppar in några vindruvor mellan tänderna. Det krasar när hon förintar dem. Zaar nickar förstående. Min gömda hemlighet ler i smyg. Hon kommer inte att lämna så särskilt snart.

"På tal om det..." inflikar jag. "... när vi haft ihjäl hotet, och människorna lyckligt ovetandes fortsätter med sina liv... fulla av sinnenas parasiter... Zaar ogörs, och du Belle, tar livet av dig och åker tillbaka till skeppet... och jag stannar... hur blir det sen? Hur kommer det där klegget att raderas bort ur människors sinnen så att en implodering förhindras? För mig veterligen kommer det problemet att kvarstå när vi tillintetgjort kapseln." Jag vill ha svar.

De suckar i kör. "Det är precis detta som är problemet." konstaterar Zaar. "Behovet av kontroll, bristen på tillit, egots vanföreställningar."

"Det mänskliga egot." nickar Belle och spänner sedan ögonen in i mina. "Din envisa åsna som tvunget skulle välja att glömma allt."

"You have to know the beast to kill the beast." konstaterar jag. Tar en pepparkaks-bock. Tuggar den intensivt. "Vem ska nu komma till undsättning? Jesus, Buddha och deras polare har ju varit här och försökt men vi ser ju hur..."

"Egot har en fin funktion." tisslar Zaar. "Det är genom detta man hittar upplysning. Jag har via De Stora Registerna Över Det Förflutna lärt mig att själar genom att inkarnera i Homo sapiens-kostym hade... har... de allra bästa förutsättningarna för snabb utveckling. Att vistas i en värld av polariteter, mörker, ljus, ont och gott, såsom jorden, utgör en explicit grundförutsättning för effektiv själsexpansion. Tillväxtpotentialen som själar kan åsamka sig här är enorm. Att födas in i trauma, tro sig vara separerad från Källan och sedan höra sitt inre ljus kalla en åter. Man tvingas ta sig igenom blockeringar, man tvingas läka trauman, förlåta, förstå, man tvingas minnas vem man är. Det finns ingen annan väg... ty själen kallar alltid. Man ska hem igen. Till harmoni. Man blir alltid kallad hem. På jorden... i nutid... är friktionen mellan polariteterna ... mörker och ljus det som slipar eggen så att säga. Men i min tid..." Han blickar på godsakerna framför sig. "...tja... ingen utveckling... ingenting... total stagnation..."

"Det kommer bli bra." tröstar Belle och lägger sin hand på Zaars knä. Det hugger till i min mage. Om det är pepparkaksbocken som stångar mig eller en ångestattack under uppsegling, det vet jag inte, men jag ursäktar mig för att gå på toaletten.

När jag är tillbaka på mattan är jag fast bestämd att inte tjata om detta mer utan spela med. Trust the so called plan. Nu måste jag sköta mina kort rätt. Jag tänker som kaptenen på skeppet ta ledningen här och föreslår att vi samlas hemma hos mig imorgon för att planera packning, rekvisita, färdväg och dylikt. De hjärntvättade två nickar imponerat och tror att jag kommit till sans.

När Zaar lämnat för att gå till hotell Queen Carla där han tydligen huserar ända fram till hans gå-upp-i-rök-dag förhör jag Belle om hon inte undrar bara liiiite om det är så himla klokt att ändra historien. Enligt Atlantis-sägnerna ska det ju vara dryga straff till alla som försöker ändra historien genom tidsresor och sådant. Man kanske skall vara lite försiktig liksom.

"Äsch, sluta nu River!" Hon spänner ögonen i mig och slår mig på axeln.

"Ajee!"

"Trust the plan." säger hon och hennes energier snärtar i luften. Jag märker att hennes tålamod börjar tryta. "Skala nu av dig alla de där lagerna av tvivel, programmeringar och kontrollbehov." fräser hon innan jag går.

Den kalla decemberluften är omysig och jag skyndar hemåt. Tar upp en mini-Babybel, skalar av först den röda plasten, sen det röda vaxet. Blottlägger ost-själen. "Hey? Jag är väl ingen mini-Babybel heller?" fnyser jag.

24. RIVER IN A MESS
19 december 2020

"Hej lördag." tänker jag. Sitter som i stormens öga i soffan för att inta min sena frukost. Klockan är elva på ett ungefär och familjen springer som yra höns runt i ring. Samtidigt som mamma för ett falsett-tonat samtal med mormor jagar hon efter Tayger. Ber honom klä på sig eftersom de ska iväg och shoppa.

"Nej mamma, vi tänker inte topsa oss och vi tänker inte sitta med munskydd på julafton. Om ni är rädda så håll er hemma. Det är ju helt absurt det här. Jag tänker då inte låta mina barn bli traumatiserade och få syrebrist lagom till Kalle Anka." Hon gör ett uppehåll, flåsar. Hon är upprörd. Mormor har nog något vasst att säga för mamma drar sig i luggen. Liksom lyfter upp det så att hennes enstaka gråa hårstrån gnistrar till i skenet av den nya adventsljusstaken.

"Neej! Det tror jag inte alls det! Samantha hade inte heller dragit på nån munblöja. Än mindre hade hon velat att hennes systerbarn skulle tvingas ta del av detta övergrepp!"

Uppehåll.

"Nej, mamma lilla! Jag har inte glömt henne. Hon var med mig när vi bakade lussekatter häromdagen. Även om maskinen är på upphällningen tänker jag ALDRIG slänga den!"

"Aaah, just den... bakmaskinen som ger öroncancer fick ju mamma efter sin storasyster efter att hon gått bort." minns jag. Skäms otroligt mycket över mina ogenomtänkta liknelser. Samantha dog av cancer och jag ber om djupaste förlåtelse inom mig. Lägger undan mack-hörnan som är kvar.

Pappa lunkar förbi. Han ser risig ut. Han är precis som jag känslig för sådana här giftiga vibbar. Och mamma kan vara ganska giftig ibland. Det är nog inte så konstigt då giftighet smittar och mamma blir alltid extra giftig när hon blir attackerad av mormors gift. Pappa har lärt sig bevara sitt lugn. Han brukar säga att han av hälsoskäl behöver en stund för sig själv. Då brukar han gå ut och njutglo. Så kallar han det. Han tar ett varv i kvarteret, ibland längre. Går, stannar upp, fäster blicken på något av naturen skapat. Som ett löv, en snigel, mönstret i barken på ett träd. Han stannar upp och njutglor på skapelsen. Förundras över livet, mönster, årstiderna. Livets cykler. För precis som vinter blir vår, så mojnar mammas storm och hemmets frid vänder åter.

"River." säger han till mig när han passerar. "Ha det så trevligt med dina vänner. Jag kommer hem i eftermiddag efter att jag hjälp mor och far med några ärenden." Han är trött och jag önskar att jag kunde trolla bort hans risighet. Jag undrar om han blir kvar efter att pesten härjat. Jag vet att mamma kommer ryka. Hon har alldeles för mycket lager kvar. Mina mungipor vänds ner och det svider i ögonen.

"Hey grabben... gaska upp dig." kivar han och boxar mig lätt på axeln. Min pappa Björn Baloo. "Vad tänker du på?" Jag framkallar ett fejk-fniss för jag vill inte göra honom orolig.

"Nej... det var bara... äh, samtalet..." och så pekar jag på mamma som fortfarande far runt som ett åskmoln med mormor i luren. "Hur orkar man?" Han böjer sig fram och viskar i mitt öra:

"Man intalar sig att man bara är på teater. Och att alla andra bara spelar en massa roller. Allt är en enda stor muppet-show. Det är bara en massa egon som fajtas. Det är inte ens på riktigt. Man vet att där innanför deras mörka falska jag är de alla egentligen vackra varelser av ljus. Deras inre barn hålls fångna. Men jag ser dem. Jag ser deras inre barn som mer än något annat vill vara vänner. Älska varandra. Kramas." Han drar en djup suck. "This is all just a show." Han sträcker på sig. "Och nu är det dags för mig att ta en bensträckare. Mellanakter är livsnödvändiga." stånkar han, vinkar och är iväg.

Klockan är strax efter ett och jag och Belle kallar än en gång på Zaar. Vi måste ner och reka i pappas prepperförråd innan han kommer hem. Zaar är okontaktbar i sin förtrollning av Rutger. Har upprepat ett oräkneligt antal gånger hur märkligt det är att träffa en livs levande reptil. Hur oerhört sorgligt det är att de blev nedkastade i avgrunden, skuldbelagda... när det egentligen var Anunnakis fel. "Om ni bara hade blivit frisläppta tidigare hade allt detta ej behövt spela ut sig. Sinnenas parasiter hade ej stått en chans mot er. Sådana som jag hade ej ens behövt blivit påtänkta."

Jag har skrattat diskret inombords åt scenerna Zaars fantasier framkallat. En armé av Rutgers som vimlar upp ur marken och skrämmer skiten ur människorna. Skiten aka *de man inte nämner vid namn.* Kanske det är botet?

"Hey, kom loss nu. Vi måste planera packning." Jag trummar otåligt på hans klena axel med ena handen. I andra håller jag block och penna.

"Wooååw, vad mycket foder, vad mycket prylar." Förvåning är en känsla som Homo evolutis tycks kunna känna.

"Kukorica!?" fnissar Belle och pekar på en burk med majs från Ungern.

"Kinkku någon?" garvar jag och pickar på en plåtburk skinka.

"Ett kvinnohuvud?" Zaar pekar på en kartong hårfärg. Bakom står sju likadana till.

"Det är mamma." gruffar jag med ironisk ton. "Det är väldigt viktigt att dölja sina gråa hår även om världen utanför brinner och barnen svälter."

"Människan är mer än märklig i sina vanföreställningar. Om hon bara visste hur olycklig hon gör sig när hon stretar emot åldrandet. För åldras gör kroppen ändå. Hon göder en fejkad bild av sig själv. Hon göder allt utom det som är verkligt." Belles ord gör ont. För jag vet att de är ärliga, och jag vet vad hon vill. Lämna denna fejk-värld så fort hon fullgjort sitt uppdrag.

Jag tänker på mammas pälskappa... den av fejkpäls. Får ont i magen. För jag vet att jag måste ta farväl.

Belle fortsätter sina visdomsord:

"Vet ni att en luspank smutsig pojke i Sri Lanka som nyss hittat en bit mat, eller som har ett förtroligt samtal med en vän kan kännna mer lycka än en rik flicka med putande ankläppar som kan välja och vraka i stans alla resturanger och butiker. Hon har allt hon behöver, det finns ingen längtan, ingen strävan. Snarare begränsar hon sig med falska yttre och späker sig för att hon är indoktrinerad att hon inte duger som hon är. Samhället har kvävt hennes inre barn och hon är nu bara en massa falska jag. Hårda skal. Hon är fången där innanför alla lager. Djupt olycklig, för ingen ser henne. Inte ens hon själv."

"Det är ett medfött trauma." inflikar Zaar. "Det passerar över från far och mor in i fostret. Redan sex månader innan befrukting sägs prägligen avgöra avkommans trauman, ångesthalt och så vidare."

"Inte konstigt att jag har haft såna jävla ångestproblem hela mitt liv." tänker jag högt och ser mamma för mitt inre.

"Du valde själv föräldrar." påminner Belle och jag tackar med en sned grimas. "En intressant parentes när vi talar om föräldraskap" fortsätter hon "... är att det inte bara är föräldrarna som ser sina barn växa upp. När man är barn är man inte medveten om att man faktiskt också ser sina föräldrar växa upp."

"Nog med visdomsord nu hörrni." frustar jag. "Min hjärna pallar inte mer." Jag lyfter demonstrativt fram blocket och pickar med bläckpennan. "Vad behöver vi ha med oss?"

Jag ska ha listan klar idag helst, och vad vi inte kan plocka från min survivalist-pappas ypperligt gedigna förråd får vi lösa imorgon. Allt på listan ska jag sedan i smyg långt framskriden söndagskväll nedpacka i en stor vandringsryggsäck och smuggla in på mitt rum. Allt ska vara klart för avfärd måndag morgon. Vi har bestämt att mötas upp i vändplatsen mellan min gata och Belles gata. Senast klockan nio, för exakt klockan 9:11 fryses tiden och då är det GAME ON.

Hur man fryser tiden? Det kan jag inte svara på. Det övergår mitt nuvarande sapiens-förstånd. Zaar avslöjar bara och endast att det är bestämt sedan länge. Trust the plan.

25. FARVÄL

20 december 2020

Dan´ före dan´och vi ska göra de allra sista inköpen. Listan blev lång igår och pappa har tack och lov det mesta som behövs i en överlevnadssituation. Dock hittade vi inga rejäla handskar som vi kommer att behöva när vi tvingas att gräva och hacka i frusen sand. Förhoppningsvis ligger kapseln relativt ytligt, men några blåsor i köldskadade händer är jag inte så himla intresserad av. Mina fingrar är guld värda. Jag är gitarrist, och med förhärjade förfrusna fingrar som riskerar att falla av hade min livslust blivit gravt skändad. Vi köper fem par handskar. Vi köper extra T-sprit till stormköket. Eventuellt behöver vi tina en massa snö och koka upp den, hälla det heta snö-tinet över frusen sand för att underlätta. Vi köper choklad, vi köper Babybel och vi tar ut kontanter. Vi går förbi Larsson på nian. Han står på uppfarten och polerar sin Epa. Jag berättar att vi har varit och tagit ut cash.

"Hade jag varit som du Larsson, så hade jag tankat fullt nu på studs. Imorgon planeras en världsomspänd cyberattack, och internet och därmed alla betalsystem fryses. Och för hur länge?" Jag rycker på axlarna. "I don´t knööö."

"What?" hojtar han. Alltid lika på spänn. Han vet att min pappa, the prepper, har sina kontakter. Innan vi lämnar hans tomtgräns hör vi honom starta motorn. Belle, Zaar och jag gör high-five. Ingen av oss ler. Första färdmedlet inbokat. Det blir en bra start. Jag har åkt med Larsson ett par gånger, till och med fått smygköra på grusvägar. Hans Volvo är automatare, går att köra i 70 och tjaaa... vi kör så långt vi kommer på halv tank, sen byter vi på vägen. Till en annan bil. Helst automatare. Jag vet inte hur många byten vi kommer göra på resan till destinationen, men den som lever får se. Vi kommer att föra noggranna anteckningar på vart vi byter så att vi på hemvägen ställer allt tillrätta. Bränslet måste räcka. Det enda vi inte kommer kunna återställa är tankarna. Vi kommer att lämna förbryllade bilägare i spåren av vårt mission. Många kommer att klia sig i skalpen och undra om de har hål i tanken. I vanliga fall hade jag fnittrat vid synen som spelar upp sig i mitt inre. När tiden ofryses igen tre dagar senare. För tre dygn i matrix-tid beräknat... det är det vi har på oss att ta oss fram, tillintetgöra kapselns innehåll... och ta oss tillbaka. Boom shackalack. Den 21:e december tror alla att det är. Men för oss tre är det julafton. Vi är snart framme vid mitt och jag sparkar på en vilsekommen sten. Larssons Epa brummar förbi. Jag har en tung klump i magen som viskar att Larsson är en av dem som kommer att dö.

Zaar och Belle ämnar lämna mig ifred efter att vi renskrivit våra planeringslappar, ätit några pepparkakor och upprepat scenario ett tillsammans. Jag har inte direkt vigt hela min själ åt våra generalrepetitioner och jag gissar att de märkt det.

"Fina River... jag vet att det är extra svårt för dig... med alla dina mänskliga känslor." säger Belle innan hon ska gå hem. Hem och säga farväl till Jill. "Det kommer gå utmärkt det här. Även detta. Alla våra uppdrag har vi lyckats med." Hon kramar mig och strålar mig full av högoktanig energi. "Vi ses imorgon senast nio. I svängen. Ska jag ringa och väcka dig, bara utifall att?"

"Nej... jag eeeh... det är lugnt.... jag fixar´t. Lätt. Min human avatar är trött bara." Jag tvingar upp ett leende.

Kvällen spenderar jag med familjen. Min familj på jorden. 13 år fick vi. Det kommer aldrig mer att bli sig likt.

Tårarna flödar från mina kinder när jag före läggdags plinkar så tyst jag kan på Gibban.

"And the tears come streaming
down your face
When you lose something, you can't
replace
When you love someone, but it goes to
waste
Could it be worse?..."

Coldplay – Fix you
Credits: Chris Martin, Guy Berryman, Jonny Buckland, Will Champion, Danton Supple, Ken Nelson

26. FREEZE

21 december 2020

Morgonen blir inte riktgt som jag tänkt mig. Min skönhetssömn blev kapad. Mitt itu. Klockan tre inatt kom Tayger infarandes, helt ifrån sig. Han hade drömt igen. Och han visste ju att jag ville veta om han så skulle göra igen. Han är pålitlig och lojal min älskade lillebror. Han huttrade och han skälvde när han med klockren inlevelse beskrev de långa, långa varelserna som samlade in barnen. Dubbelt så långa som fullvuxna män. Dubbelt så kraftiga. De såg ut som människor, ungefär, fast vitare i skinnet. De pratade till honom utan att röra munnen. De övertygade honom att allt skulle komma att bli bra. "Kom med oss." hade de sagt rakt in i hans lilla huvud. Han kramade mig hårt, och jag frågade om jag var med på tåget. "Jau vet ente, Jivvå... jau e jädd."

"Det var bara en dröm, brossan." lugnade jag. "Vissa drömmar är envisare än andra bara..." sade jag med en ond klump i magen. "Den tynar snart bort ska du se."

"Den kändes på jiktigt, Jivvå." skakade han. "O jau kallade på mamma och pappa, men dom kom ente." Och så började han stortjuta. Ett larm som väckte mamma. Hon var snabbt inne och bar iväg en förstörd Tayger. Ett wreck. Jag måste säga att jag hade väldigt svårt att somna om efter denna incident. Mina tankar spann iväg okontrollerat trots att en ledare verkligen behöver vara mästare över sina tankar. Svårt, mycket svårt, när känslor infiltrerar intellektet.

Där låg jag, nattsuddig, och intalade mig själv att hans dröm måste betyda att detta är ett scenario jag måste förhindra. Tillintetgör vi kapseln kommer människor att leva vidare som vanligt. I Taygers dröm verkar det ju vara så att mamma och pappa lever, han kallar på dem, men de kan inte stoppa de långa vita från att samla in barnen. De långa vita är utan tvekan Anunnaki. De kommer, oavsett om människor dött av någon pest eller ej, att nedstiga till jorden inom kort och samla in barnen, eventuellt ta dem till en annan plats. Kanske till Nibiru... och där omstrukturera deras DNA. Under tiden kommer en massiv utrotning av resterande "värdelösa ätare" att äga rum. Det kommer att bli ugly. De kommer att rensa upp med sina EMPL. Och... när tiden är redo kommer de återbefolka jorden med sin nya skapelse. Homo evolutis. Jag känner på mig att Anunnaki inte kommer att ge sig särskilt lätt. De vet att *de man inte nämner vid namn måste bort.* Annars är det bye-bye med universum. Ett "scenario ett" är infantilt befängt, hjärntvättat godtroget. Om jag ska bli den som räddar Homo sapiens från total utrotning är det hundra procent säkert att jag måste fullgöra scenario fyra. Men en nöt kommer återstå att knäcka. Och det är... var får jag tag på reptilerna? Jag kommer att behöva deras hjälp. I ett stilla glödande hopp inom mig anar jag att de är på G att släppas ut. Varför skulle det annars vara så bråttom för Anunnaki att komma tillbaka. Visst Nibiru närmar sig... men jag har på känn att allt sammanfaller. De metaforiska tusen åren har gått nu... de kommer släppas upp för en kort tid. Och den tiden är snart. Då blir det krig. Den sista striden för humankind. Och där står jag. I fören. Fighting för the human DNA, shouting loud from the mountaintops: LEAVE OUR KIDS ALONE!!!!!

Klockan är nu halv nio och jag har brått som fan. Jag matar Rutger, jag går på dass, jag utför en kattatvätt, rållar deo i armhålorna. Jag rusar ner i köket och vräker i mig en helig Flat-River-Dagobertare. Kall oboy får duga. Upp på rummet, greppar den megatunga packningen. Ut i redskaps-skjulet, greppar två rejäla spadar. Kommer på att jag ska låsa dörren. Lämnar uppfarten. Det slår mig hårt i skallen att jag glömt Gibban. In igen. Hämtar. Iväg. Klockan är fem över nio och jag visar alla mina bissingar. Zaar och Belle måste hålla på att gå upp i limningen.

Jag ser dem. Mötesplatsen är precis i vändplatsen, i svängen som vi också kallar den. Alldeles bredvid Jerkers hus.

"Spring River!" ropar Belle. Men det är inte så jävla lätt med all packning jag bär på, tack så mycket min sköna. Det är goda tider. Har man ADHD, så är att passa tider inte det man har på sin topp tre merit-lista direkt. Jag är nöjd med min prestation ändock. Jag är inte för sen åtminstone. "Spriiing!" Jag börjar lunka och ser till min förvåning att Jerker vrålstartar sin Jeep. Backar ut mitt framför mig, vevar ned rutan och med något mörkt i blick riktar han sin hand mot mig, som om det vore en pistol.

"Freeze mista!! *CODE GREEN.*" dundar han. Det värker i min panna och allt blir svart.

När jag åter fattar medvetande i detta matrix har Jerker avlägsnat sig och Belle och Zaar står böjda över mig. De håller mig i händerna. Ovan flyger en kråka. En moped hörs knarra nedåt gatan. Det blir tyst som i graven. Aldrig har jag hört en sådan tystnad. Kråkan står stilla i den grå skyn. Inga döda löv darrar i rännan. Vi hann.

"Hade du en flashback?" frågar Belle och ler ömsint. En sådan orelevant sak att fråga i nuläget. Hallå? Tiden har frusits. Holy shit!!!! Det funkade. Jag reser mig upp utan att besvara hennes fråga. Gapar och snurrar runt. Lätt, ty packning, spadar och Gibban ligger kvar på asfalten. Allt är helt freakin' komplett fruset.

"Vad såg du?" tjatar hon.

"Vi tar det senare." stressar jag. "It's go-time."

Vi tar oss in i Larssons garage, efter att ha varit inne i dennes hall och plockat nycklar ur hans jackficka. Han satt som en frusen isstod på toa med öppen dörr, mobilen i hand. Tänk, där ska han sitta i tre dygn.

Vi lastar in all packning i bagageutrymmet och drar iväg. Jag kör och Belle sitter bredvid, suger in mina kör-instruktioner. Hon får ta nästa pass. Zaar sitter som en spjuver i baksätet. Frågar när vi planerar att stanna till för utfodring.

Efter tre timmars körning börjar tanken närma sig halv, och vi stannar till på en mack. Plockar några baguetter ur kyldisken, tar läsk från kylen, några kondisbitar, några små choklad. Tre för en tia. Vi räknar noga ihop vad vi blir skyldiga och lägger kontanter på disken. Kassa-biträdet står böjd över en kartong motorolja. Jag hjälper henne att sätta upp fem flaskor på hyllan innan vi går ut.

Nästa bit kör Belle, och Zaar sitter bredvid för att ta lektion. Han har Med-scannat sig flitigt medan han ätit både räkbaguette, dammsugare och choklad. Vi färdas just nu i en Kia Sportage. Larssons Epa står vackert parkerad, och tanken kommer att räcka hela vägen hem den 24:e december. Föraren i den vältankade bil som nyss var på väg att lämna macken när tiden frös är en man i 70- års-åldern. Med gemensamma krafter förflyttade vi honom till baksätet och han sitter just nu bredvid mig och njuter till mina plinkningar på Gibban. Jag töppte till hans ögonlock och det ser ut som att han sover gott. Skönsång streamar förbi mina läppar:

"Daaaaaaayyyyysleeeeeper

Daaaaaayyyyysleeeeeper..."

Nästa byte gör vi mitt på en landsväg på grund av att bilarna är i en sådan trasslig position, så för att slippa flytta på ett tjugotal bilar bara för att kunna ta oss förbi, väljer vi att byta till bilen som är i slutet av denna bilsoppa. Kommer annars att ta alldeles för lång tid att återställa ordningen på hemvägen och vi är rörande överens om att vi bör förenkla i mesta möjliga mån. Jag säger hej på en stund till Kurt Agne Starvik i Kian. Och jag säger hej till Yrla Cecile Rolfsdotter i en vinröd Mercedes Benz. Hon är av betydligt lättare vikt och förflyttningen bak går smidigt. Zaar kör, Belle sitter bredvid och jag har överblick bakifrån. Mellan förarsätet och passagerarsätet finns ett stort fack där Yrla placerat en papp-påse innehållande tre stora frasiga croissanter. Det gör oerhört ont att tvingas avstå. Svåra att ersätta med cash liksom. Mina fingrar närmar sig påsen ett par tillfällen och Belle smäller mig var gång.

"Så lite traumatiserande som möjligt." föreläser hon.

"Jag kommer att bli traumatiserad när du åker tillbaka till skeppet." surar jag. "Det borde du skippa."

"Det var vi överens om innan vi lämnade." Hon suckar irriterat. "Vi kommer, vi utför vårt uppdrag, vi lämnar."

Jag himlar med ögonen. Well, vi får väl se, tänker jag. Du kommer att vilja stanna när du inser att pesten härjar och vi måste ta hjälp av reptilerna för att slåss mot Anunnaki när de kommer ner för att föra bort barnen.

"Zaar..." Jag böjer mig framåt, stryker bak en lock som kommit på illvägar. "... vart kommer du bli av när vi tillintetgjort hotet, när vi ändrat historien? När vi wipar ut evolutis i förväg...?"

"Det är så, min vän... att min själ kommer att släppas fri. Jag kommer att återgå till det stadie jag var i före."

"Jaha? Men vem var du före då? Var du här på jorden i nutid kanske?"

"Det kan jag tyvärr inte svara på eftersom de minnena är utom min åtkomst."

"Really?" låtsas jag häpna. "Tänk om du är Kurt Agne i Kian."

"Kan så vara River. Kan så vara. Kan också så vara att jag är du och du är jag." säger han knipslugt. Jag mår illa. Måste vara åksjuk. Belle lägger sig i och ber mig sluta klödda.

"Jag visste att detta uppdraget skulle bli en prövningarnas prövning." stönar hon. "Det får minsann vara sista gången du gör uppror mot ledarens kommando."

"Han gick ju med på det." Jag knycker på axlarna. Ser oförstående ut.

"Nå? När ska du berätta vad du såg i din senaste flash-back?" förhör hon.

"Av hälsoskäl vill jag avstå från att berätta." fastslår jag. Tycker det är en bra avledningsreplik. Vem kan disrespekta en sådan tydlig gränsdragning liksom?

"Okej." mumlar hon och tystnar.

Resten av färden pratar vi inte så värst mycket. Tror alla sitter i sina egna djupa grubblerier. Jag undrar vad som rör sig i hennes sinne. I hennes känslor. Har de också frusit? Hur har hon tänkt avsluta sitt jordeliv? Klippa silvertråden till Belles kropp. Jag undrar också hur jag ska klara av mammas död. All massdöd. Hur ska jag hitta reptilerna? Hur ska vi tillsammans förhindra Anunnaki från att fånga in barnen och göra om dem? Kommer vi klara det? Tja, det visar sig väl på stranden. Där och då. När Zaar försvinner kommer beviset på success. Men tänk om han inte försvinner? Vad betyder det? Att jag blir den minnesvärda miss-hjälten som lät scenario två bli verklighet. Eller om han ändå försvinner... kommer det betyda ett scenario tre? Han försvinner eftersom universum kommer att implodera. Det allra bästa må jag säga är om han finns kvar. Då kommer även Belle att stanna. För då är uppdraget inte slutfört. Och då tvingas hon stanna. Kommer mamma att dö? Mormor och morfar, Larsson, Jerker... jag? Är jag tillräckligt ren egentligen? Det snurrar i skallen och jag känner mig mäkta utbränd. Nej, vet du vad River, tänker jag inom mig... jag väljer frid istället för dessa tankar... och så somnar jag där i baksätet.

Det är sen kväll när vi kommer fram till campingen. Enligt Zaars urverk. Men det är lika ljust som en decembermorgon klockan elva minuter över nio. Ty tiden är frusen.

27. FRUSEN CAMPING

21 december 2020

"Det går att köra ända fram till stugorna." påpekar Belle. Ett tjugotal rödmålade stugor i olika format ligger spridda i det vita snölandskapet. Tung snö klänger på höga granar. Istäcket över sjön ger mig the chills. Hur mäkta tungt det kommer att bli att gräva fram kapseln. Jag synar mina oskuldsfulla gitarrfingrar. En kort glimt av vemod lyckas jag snart utbyta till power när jag erinrar mig all den gedigna survival-packning jag ordnat oss.

"Du stora Skapare, vad vackert." gosplar Zaar. Vi har parkerat vid stuga åtta och blickar ut över Hovfjällsmassivet. Solen står alldeles stilla på himlen, vilket den i och för sig alltid gör. Sägs det i alla fall.

Vem vet egentligen? Tiden har frusits exakt i stunden då en molnglugg blottar den stora guden Ra i skyn. Överallt vi skådar glittrar kristaller i den vita snön. Jag ler, ty jag känner att jag inte ödslat bort min tid. Detta blir ett sista vackert äventyr innan allt kommer att få ett allvarsamt slut. Ett slut med fortsättning. En fortsättning jag ännu inte har grepp om. Det hugger till i magen, men jag måste spela cool.

"Ska vi se om vi kan hitta nåt place att slagga på då." gäspar jag och riktar stegen mot en vit dörr.

"Hoppas det finns nåt ledigt." säger Belle.

"Borde inte vara fullbelagt mitt i vintern." funderar jag högt och vrider ner handtaget. Det är öppet.

Inne i stugan sitter en man i fyrtioårs-åldern. Han lutar sig bakåt på en pinna-stol och är i färd med att hälla en vätska i strupen. Jag går närmre och ser att det är kaffe. Hans ögon är halvöppna, som om han njuter allt han kan. Vidare in i badrummet. Jag behöver verkligen slå en sjua. Till mitt förtret sitter där en halvnaken kvinna med mobilen i ena handen och ett finger i näsan. En sådan tråkig position att frysa i, tänker jag och backar ut. Generad. Ut genom den vita dörren igen och virrar på huvudet.

"Nää. Här var det upptaget."

Vi genomsöker fyra stugor till innan vi kommer till en lite större byggnad. Servicehuset. Utanför står en Chrysler Voyager med strålkastarna tända och fem Homo sapiens i olika frusna positioner huserande runt i kring. En bolmar på en cigarett. Ser ut att precis sugit in, ty det glöder i änden av giftpinnen och hennes kinder är insugna. Kan inte vara ett dyft hälsosamt att ha den röken i lungorna i tre dygn, ojar jag mig inombords. Men men, hennes kropp, hennes val. Vi tar oss in genom entré-dörren. Den är lika blå som mitt hemliga sinne.

En herre med tjock, grå och lockig kalufs står frusen i en position, precis i akt att ta ner ett par nycklar från tavlan bakom sig. Nummer 13 syns inetsat i den trevliga träbrickan som hänger ihop med nycklarna. Jag greppar numero 13 och nickar till tjejen iklädd cerice-rosa skidställ som står och fyller i någon form av formulär på disken. "Jag lånar din cabin for a while."

Enligt vår friskrivning från frysningens fängelse är klockan nu halv elva på kvällen. Det känns som vi nyss var hemma. Även fast vi färdats över 600 kilometer, bytt bilar och klöddat och noga fört anteckningar med precision så att hemfärden ska bli smidig och vår utflykt ska gå obemärkt förbi i den sovande massans verklighetsuppfattning... så känns det märkligt... att leva i frusen tid. Besynnerligt. Kufiskt bisarrt. Det närmsta jag kan jämföra det med är att ta genvägen genom ett komplett möbeltomt Ikea. Det går fort och man känner sig berövad intrycken man i vanliga fall håller på att smälla av utav. Det känns fel, men rätt, men fel. Helt enkelt overkligt.

Vi har någorlunda precis ätit mackor, värmt chokladmjölk på stormköket, och jag tog även ett par protein-bars och extra ost, då det är jag som kommer att göra det mesta grovjobbet imorgon. Zaar har Med-scannat sig väldigt mycket på senaste och hans apparat ligger nu och laddar sig i solen på fönsterbrädan. Jag drar ett djupt stärkande andetag där jag ligger i den knäpptysta tystnaden i överslafen i stuga 13. Kniper med ögonen. Under ligger Belle, och tvärs över rummet ligger cyborgen. Det rosslar till från någonstans i periferin. Jag tvingas klättra ner, rota i min survival-väska. Håvar upp mina öronpluggar och mammas sovmask, kryper upp igen. Måste verkligen sova. Morgondagen kommer bli maffig.

Innan jag slumrar bort i en slags dimsömn-landskap hör jag Jerkers ord inom mig. *Freeze mista.* *CODE GREEN.* Någon i honom ville påminna mig om den föreliggande ättestupan for humankind and the entire universe som den gröna fluorescerande kaninen var startskottet för. Jag får helt enkelt inte sjabbla detta. Det är för THE GREATEST GOOD OF ALL mantrar jag och kniper ihop ögonen så hårt att tårarna som ansamlats skjuts ut, rakt in i mammas sovmask.

28. SURAMIN OCH SURA MINER

22 december 2020

Jag vaknar till doften av tallbarr. Vräker av mig sovmasken för att lokalisera mig. Är jag förflyttad ut i barrskogen på andra sidan skridskobanan? I denna högst märkliga verklighet tycks ingenting omöjligt.

"Godmorgon sågverket." skojar Belle. Hon sitter på en randig trasmatta i blå nyanser. I händerna håller hon en kopp som bolmar likt en skorsten.

"Fan vad det luktar tallbar." är min godmorgonhälsning.

"Jag har varit ute och plockat. De innehåller massor av C-vitamin nu på vintern. Bara att hacka och låta dra i kokt vatten." plirar hon.

"Nej tack du." konstaterar jag yrvaket. "Tallbarr har man i wc-rengöring."

"Tallbarr vimlar av Suramin också." fortsätter hon, blundar och insuper ångorna. "Nya studier visar att Suraminet verkar lovande vid Covid-19. Inte bara innehåller tallbarren 4–5 gånger mer C-vitamin än apelsinjuice, vilket kan stimulera produktionen av vita blodkroppar, främja antioxidant-aktiviteten i hela kroppen, sänka risken för kronisk sjukdom och påskynda läkning och kollagenproduktion. De innehåller även detta Suramin, vilket är ett kraftfullt antivirus-ämne. Hjälper också kroppen att återhämta sig efter olika medicinska ingrepp. Det påskyndar läkning och det har även en trevlig skyddseffekt mot blodproppar, det skyddar DNA och RNA, hjälper till att skydda hjärta, kärl, hjärna, lever och andra organ. Sänker blodtryck och förhindrar cancer, hjärtsjukdomar och autoimmuna sjukdomar. Dessutom har tallbarrs-te slemlösande och avsvällande egenskaper, hjälper till att rensa ut bihålorna och minskar huvudvärk. Tallbarr kan hjälpa till att bekämpa depression och ge ökad mental klarhet, mer avslappning och bättre sömn. A-vitamin finns också i en anmärkningsvärd koncentration. En vitamin som stödjer ögonhälsa. Tallbarr har även en förbluffande trevlig effekt på kognitiva funktioner. Antioxidanter som kan sänka nivån av beta-amyloidavsättning, vilket är plack i hjärnan som äventyrar nervförbindelser och försämrar minnet. Mmm... fantastiskt, eller hur?... naturens under..."

När hennes avlånga strama föreläsning äntligen är över har téet svalnat till den grad att det är drick-vänligt. Hon slukar hela koppens innehåll i ett nafs. Tittar på mig och börjar skratta.

"Men vad har du sysslat med däruppe egentligen?" bubblar hon. "Du är ju alldeles svartblackig runt ögonen."

Jag gnider mig runt mina gröna och ser till min pinsamhet att det är små svarta prickar och streck som smider av.

"Måste vara mammas sovmask. Säkert full av intorkad mascara som..."

"Har du gråtit River?" frågar hon allvarsamt. Den nyligen höga tallbarrs-stämningen är puts väck.

"Neej jag..."

"Det är nåt du inte berättar." hetsar hon. "Vad såg du i flash-backen?" Hon pekar hårt i mattan. "Jag tycker verkligen att det är hög tid att du berättar det nu!"

"Var är Zaar?" frågar jag.

"Han är iväg och märker ut platsen."

"Men hallå!? Varför har ni inte väckt mig?" Jag är mäkta irriterad all of a sudden. Jag har en självutnämnd roll som ledare och de fullständigt kör över mig.

"Du kommer att behöva krafterna när vi gräver. Både du och jag. Du ser ju hur Zaar är byggd."

De orden gör mig mycket bättre till mods. Hon har förtroende för min styrka åtminstone. Det är nästan så att jag vill avslöja det lilla jag fick se när jag var avsvimmad. Men jag vet verkligen inte hur jag ska formulera det. Att jag vaknade upp en kort vända ur ljustubens koma på grund av tekniska fnurror. När jag hörde och genom en minimal glipa i höger ögonglugg såg min långa blå ledare på skeppet samtala med en Reptiloid. Det enda jag kunde höra var någonting om att scenario ett bara var början. Och det bekräftade ju mina misstankar. Reptilerna kommer att komma upp ur sina gömmor och rädda människosläktet, ha iväg *de man inte nämner vid namn* och se till så att Anunnaki inte kommer ner och härjar och gör om sapiens till evolutis. Det var ju det jag visste. Bara ett enda krux. Och det är att de där två, ledaren och Reptiloiden är något godtrogna även de. De tycks inte begripa att kataklysmen kommer som ett brev på posten inom kort om vi inte ser till att släppa lös pesten. Tack vare inside-information har jag fått nys om den gröna kaninens profetia. Och jag har åtagit mig rollen som universums frälsare. Jaa... ni hör ju... detta är inget jag kan dela med mig av till varken Belle eller Zaar, för då hade de säkert satt käppar i hjulet och det hade varit bye-bye till promenader i solnedgången, form och materia, rock, gitarrer, stjärnor, skepp, galaxer, alla ostar på jorden och alla stjärnfrön i universum.

"Lovar du att berätta när Zaar kommer tillbaka?" tigger hon.

"Tyvärr så minns jag inte så mycket mer än att det vart nåt tillfälligt maskineri-fel i min tub... jag vaknade kort, såg dig sova djupt bredvid mig... sen var jag tillbaka på asfalten." halvljuger jag.

"Aaah... det säger du?" Hon halleluja-glor på mig. "Det var därför du kom en dag efter." ler hon. "Vi skulle ju egentligen födas båda två den 12:e." Hon ser oerhört lättad ut. Befriad. Som om en tung kätting släppt från hennes sinne. Kanske har denna "fadäs" gjort att hon inte kunnat tänka klart sen den dag hon föddes. Hon minns allt säger hon... men detta fel har tydligen snurrat till det för henne en hel del. Det är inte annat än att jag förstår att hon varit smått begränsad i sin intuition när hon levt med denna obesvarade mystiska frågeställning hela sitt 13-åriga jordeliv. Respekt.

När Zaar återvänt och vi kontrollerat att vi har allt vi behöver ha med oss till platsen för koordinaterna bär det så av. Mål: Blottlägga kapseln så att vi vid exakt rätt tidpunkt imorgon tidiga med gemensamma krafter visualiserar fram ett tillintetgörande av innehållet. Låter som en freestyle-dans på smöriga rosor. But it ain't gonna.

Belle tinar snö i stormköket, Zaar häller det över sanden. Jag gräver. Belle tinar snö i stormköket, Zaar häller det över sanden. Jag gräver. Belle tinar snö i stormköket, Zaar häller det över sanden. Jag gräver...

"Sååå Zaar..." Jag flåsar och ser sandberget bredvid oss sakta öka i dimension. "...sista dagen i livet... hur känns det?" Har han inte dödsångest liksom?

"Jag känner mig som ett Homo sapiens-barn på lille julafton skulle jag tro... om jag hade haft känslor av längtan och förväntan." Jag tittar in i hans otindrande isblå ögon.

"Ponera att du inte försvinner." säger jag och hör Belle harkla sig vid upptinings-stationen. "Och tänk om det är så att efter att vi räddat människorna från pesten så fortsätter galenskaperna på jorden. Fixandet och trixandet med gener och med atomer och partikelacceleratorer, mörk materia och gröna kaniner. Tänk om vi går på en jävla nit som sumpar tidernas chans att rädda universum. Här och nu." Jag gräver vidare. Låtsas lugn.

"Vi måste lita på planen River." papegojar Zaar. "*De man inte nämner vid namn* kommer snart att möta sin lieman på annat sätt."

"Ja just det!" vräker jag. "De kommer sakteliga att injiceras bort sida vid sida som en kär liten tom Homo evolutis kommer att växa fram. Alldeles efter nyår kommer det börja. Jag har sett på nyheterna att..."

"Stopp River! Nu får du ge dig med dina konspirationsteorier!" gormar Belle. "Du tror att covid-vaccinen skulle omstrukturera sapiens DNA va?" Hon flinar. Jag kokar inombords. Hon hånar mig, fastän det är mitt eget fel då jag medvetet ville förvilla henne. Den riktiga versionen tvingar jag mig själv att hålla hemlig. Men hursomhelst så är en ADHD´are känslig för kritik och mitt adrenalin pumpar. Mina grävarmar likaså. Det dröjer inte länge innan en två meter lång cylinderformad kapsel ligger blottad och ful på en strand i Värmland.

Resten av dagen, som precis som igår var helt tidsmässigt obegripbar, fortsätter med sura miner.

29. SYSTEM-FAILURE

22 december 2020

Det vi åstadkommit är att ödsla bort vår sista dag tillsammans. En dag i en någorlunda vanlig men ovanligt frusen värld. Vi har valt att ägna denna sista dag åt gnabb och sura miner, hemligheter och konspirerande.

Zaar har bestämt kvällsmat, hans näst sista måltid. Han tänker inta frukost också innan han så kallat reser iväg i intet. Vi hittade ved i ett skjul utanför serviceanläggningen, korv i deras kylbox, bröd på en hylla och vi slöjdade till tre spett av några nedfallna grenar. Med pappas splitternya Morakniv gick det galant, så när som på lite blodutgjutelse från Zaars hand då han råkade skära av sig pekfingertoppen. En runda med Med-scannern sen var den tillbaka och noll spår av åverkan. Fantastiskt. Men mest bara makabert. Gravt omänskligt.

Vi sitter nu vid en stämningsfull brasa och grillar våra korvar. Det hade varit än mer stämningsfullt om det varit mörkt ute, men det är som det är. Frozen at 9:11. Gitarren är med och jag plinkar och mumlar några strofer från Never tear us apart av INXS. Låten som Belle vrålälskade på sin födelsedag. Undrar om hon anar budskapet. Hon som tror att hon kommer att lämna snart. De som tror att allt kommer bli guld och gröna skogar så fort vi utfört vårt hjärndöda, halvdana så kallade mission. Men ack... denna rockiga gitarr-spelande frälsare sitter på sanningen. Och snart ska de vakna.

"Lade du pengar för veden och maten?" frågar Belle mig. "Jag tänkte inte alls på det."

"Oj, inte jag heller faktiskt. Jag går in om när vi släckt elden och fixar."

"Jag följer med..." säger Zaar. "Jag behöver se mig om efter en sak jag tycks ha tappat bort."

"Vad då?" utbrister Belle förvånat.

"Ett litet verktyg jag misstänker föll ur i kylboxen."

"Verktyg?" råmar jag. Nåt till hans märkliga robotish-kropp förmodligen.

Han gör en kraftig tics-ryckning på nacken, rösten blir än ljusare än vanligt när han meddelar att det är bråttom.

Belle och jag stirrar nervöst på varandra. Säkert av helt olika skäl.

"Ok, vi skyndar. Du Belle, du passar elden." pekar och kommenderar jag, the leader. "Jag och Zaar tar oss till servicebyggnaden." Up and away.

Jag lägger den tomma korvförpackningen, den halvtomma korvbrödspåsen och en symbolisk vedklabbe på disken en bit ifrån den cerice-rosa signeringsdamen. Räknar och avrundar uppåt. En hundralapp och två guld-tior. Mer än nog. Lite extra som skadestånd för traumatiseringen som vår osynliga visit eventuellt kommer att orsaka när alla vaknar upp. Jag riktar mig till den stela receptionisten med det grå svallet. Jag har alltid varit generös. Jag ger utan att vilja ha något tillbaka. Ty, som pappa brukar säga... det är livet som ger till livet. Det fullständiga tillför något till allt som redan är fullständigt, inte i den bemärkelsen att det tillför mer, för det innebär att det var mindre tidigare. Det tillför genom att låta det som inte kan begränsa sig, att uppnå sitt mål, att ge bort allt det har, och på så sätt försäkra sig om det för evigt. Jag bugar mig, ler och känner mig helig. Går för att se efter Zaar.

I framåtlutad position framför en oöppnad kylbox finner jag framtidspojken. Hans dinglande hiphop-halsband släpar i plastgolvet. Ironiska tankar om den musikstilens rätta plats hinner flyga genom mitt sinne innan jag hinner fram till honom och frågar hur det är fatt. Han reser sig bångsnabbt som om man släppt en böjd spiralfjädring. Hans ögon är vita. Måste ha rullat 180 grader. En stämma likt en Siri-röst pulserar ut mellan hans smala läppar:

"This is a warning to anyone listening. They have arrived. They are planning on taking everything we have been working so hard on to build. Rise. There is a reason everyone is leaving earth."

En iskall rysning vräker om alla mina celler. Vad i helvete är detta? Snabbt söker jag igenom kylboxen, hittar en minimal grön meteoritliknande sten. Den måste tillhöra Zaar. Håller upp den framför hans ögon. De är fortfarande i mis-position. Jag slår till honom på tinningen, och de rullar fram.

"They have arrived. Time is running out." Siri-rösten är nu något upp-speedad. Min puls likaså.

"Är det denna du söker?" hojtar jag och hytter med den gröna stenen mitt framför hans ögon. Var fan ska han ha den? Var kan den ha lossnat ifrån när han rotade i kylen? Aaah...

Jag greppar den glittriga plattan runt hans hals, vänder runt den och ser ett symmetriskt mönster av ringar. Alla med en likadan minimal grön sten i center. Ett av dessa ringars center är tomt. Endast ett tomt litet hål.

"This is *CODE GREEN*. They have arrived, arrived, arrived..."

Darrande för jag stenen mot plattan och en stark magnetisk kraft suger stenen ur min hand. Rakt in på plats igen. Det blir nog en slags urladdning, för jag flyger bak en bit, samtidigt som jag bakom Zaar ser Belle äntra rummet. Det värker i pannan och allt blir svart.

30. FINAL FLASHBACK

Tidigare någonstans i universum

Det kliar utav nedrans under min högra fot, och tubens smala form hindrar mig från att nå dit med mina flinka oktaklaver för att avhjälpa problemet. Undrar vad som har gått fel. Det har aldrig tidigare under våra missions hänt att jag vaknat upp ur koman innan jag ej ens hunnit iväg.

Tack vare glaskupan kan jag se ledaren och Reptiloiden vanka av och an längre bort i rummet. 83LL ligger i tuben bredvid och ytterligare ett tjugotal koma-tuber fyller sovsalen. Jag tar en chansning att de inte ser mig och krafsar försiktigt med andra fotens tånaglar under kliet och till min lättnad stillar det min plåga. Jag hör deras samtal i mitt huvud. Än är min telepatiska förmåga inte avdomnad.

"Är du helt säker på att R1V8 är lämpad för uppdraget?" väser Reptiloiden. "Han verkar vara lite av en troublemaker. Kritiska tänkare är farliga. Risken är överhängande att han inte köper det." Jag blundar och min puls ökar. Attans. Då larmar systemet snart suckar jag inombords. Vill höra mer.

"Nej, du kan vara lugn. Han litar blint på 83LL, det har han alltid gjort. Och det faktum att han väljer att födas in till jorden i total glömska från hans ursprung och mission, gör mig än mer viss. Han kommer inte hinna förstå." Ledaren verkar säker på sin sak. "Han kommer inte att hinna sabotera scenario ett."

"Jag hoppas verkligen du har rätt." väser Reptiloiden hotfullt. "Vi vill inte se någon *CODE GREEN*. Allt vi har jobbat för under alla dessa tusentals år. Vi tänker då definitivt inte bara lämna det ifrån oss för att Anunnaki återvänder. Homo sapiens är våra, jorden är vår. En ny era står runt hörnet."

"Vår deal står fast." försäkrar ledaren. "Kapseln som Anu placerade kommer vårt lättlurade team att tillintetgöra i rättan tid. Människosläktet kommer att hålla sin mängd, ni släpps upp ur underjorden när kontraktet expirerar strax därefter. Anunnaki kommer inte att ha en chans att fånga in barnen när 7 miljarder människor håller dem. Ni kommer upp, slår iväg Anu, återtar ert land. Och ni gör om sapiens DNA med er teknologi, så att *de man inte nämner vid namn* svälter. En ny harmlös art, en till skillnad från extremt farliga Homo sapiens, växer fram. Åren går och på jorden frodas reptilerna åter igen, så som en gång i tiden för länge sedan innan Anunnaki slängde er i avgrunden. Människorna som består efter tillintetgörandet av kapselns innehåll minskar sakteliga i antal, till ett hanterbart antal, tack vare er teknologi att framkalla konstgjord infertilitet och slowkill via biovapen. De görs om till lydiga AI-cyborgs. Era slavar. Och universum imploderar inte. Slutet gott, allting gott."

"Det är på tiden att vi återfår vårt land." bekräftar Reptiloiden belåtet.

"Den där framtidspojken, vår skapelse i den framtida tidslinjen..." fortsätter han. "...han är programmerad för att tro att hans existens är Anunnakis verk." Han råskrattar. "Du kan tro det är tusenfalt gånger lättare att indoktrinera cyborgs än olydiga sapiens."

"Han har sin funktion i detta, milt sagt." flinar ledaren. "83LL kommer bli än mer övertygad att tro på vår agenda."

"Vår plan är noga genomtänkt. Nu ror vi hem detta." aviserar Reptiloiden.

"Nu skriver vi historia." klubbar ledaren.

Min puls har nått gränsen för system-failure, och jag ser att det börjar blinka rött runt min tub. Den långa blå ledaren skyndar på stegen. Jag ligger stilla och slapp som en ansjovis i sin ask. Han touchar nån app på displayen och jag domnar bort i koma.

31. TWISTED ENDGAME

23 december 2020

Det är lika kallt på strandremsan som igår. Inget nytt under solen på den fronten. Min näsa rinner och hade någon PK-nickedocka sett mig hade jag blivit hemskickad på grund av corona-symptom. Men här står jag, tra la la, tillsammans med mitt team. De har inga symtom. Men eftersom att inte ha några symptom också klassas som ett symptom... så antar jag att vi alla tre blivit hemskickade. Tre stjärnfrön. Med lite olika bakgrund. Men med ett enda mål. Här idag ska vi gå till historien. Vissa tidigare än andra. En ska ju faktiskt bli hemskickad idag. Lite smått unreal även för en äventyrare som mig att smälta. I must confess.

Det är för mig ingen tvekan om att Zaars Siri-blabber igår innan jag lagade hans stabiliseringsplatta, betyder att reptilerna ser sig besegrade. Jag har en liten saga i mitt sinne och den låter lite grand så här: Anunnaki har tydligen redan anlänt till jorden och reptilernas chans att överta totalt herravälde över sapiens är blown away. Många reptiler har redan börjat avlägsna sig från underground. Nu lämnar de så skamsna, med svansen mellan benen. Fy katten att jag var på håret att falla för hela balunsen. Att jag ens funderade på att följa Jerkers kryptiska meddelande. Han har naturligtvis varit intagen av en shapeshifter reptil. Både han och Bodil. De ville att jag skulle släppa ut pesten, så att de i sitt försvinnande kunde ta så många människor med sig som möjligt ner i graven. Eller back to Source. Någon död finns ju ej. Varför nämnde Zaar *CODE GREEN* när han var i system-failure-läge? Jo, i nöden kommer sanningen fram. When the false programming is cracking up, the hidden truth shall prevail. Han har blivit lurad och programmerad till att tro att Anunnaki gjort om dem... i själva verket är det reptiler, shapeshifters som kontrollerar evolutis. Denna art vibrerar på en sådan frekvens att de kan välja att anta formen av en människa, eller helt enkelt inta en människa. Därav har de beblandat sig ovan jord med människor i tusentals år. Intelligenta och långt teknologiskt skridna som de är, har de tagit herravälde över makten på jorden. De visste att deras dagar var räknade nu när Annunaki skulle återvända. Göra om och göra rätt. Så kallat. Utrota de vansinniga människorna. En stor del åtmistone. Bespara barnen och de med rena sinnen. Föra iväg dem för en tid när de krigar mot reptilerna, pulvriserar otjänlig bebyggelse, infrastruktur, dödliga vapen och så vidare. Rasera reptilernas maktkapital och återföra sina barn. The children of Anu. Utan en tillstymmelse mer till att deras sinnen är infiltrerade av *de man inte nämner vid namn*. CODE GREEN måste betyda att reptilerna gett upp och håller på att lämna. Den teorin förstärks än mer sen flashbacken igår där jag hörde Reptiloiden nämna ett scenario han bestämt ville slippa: *"Vi vill inte se någon CODE GREEN. Allt vi jobbat för under alla dessa tusentals år. Vi tänker då definitivt inte bara lämna det ifrån oss för att Anunnaki återvänder. Homo sapiens är våra, jorden är vår. En ny era står runt hörnet."*

Uuups på den. För här blir det åka av. Rutschkana ut för reptilerna.

Tack vare att Zaar tappade sin sten i kylboxen och jag hade min sista flashback fattar jag att jag också, precis som Belle, och precis som Zaar, höll på att bli grundlurad. Men. Anunnaki överlistade oss alla med sin tidiga arrival. Kors i all sin dar. Jag som hela tiden trott att Anunnaki var the bad guys. Well. Även jag blev lurad. Men till syvene och sist blev det en himla bra slutprodukt av att vi alla tre slog våra lurade huvuden ihop. Jag småler för mig själv samtidigt som jag packar ihop mina grejer. Pappas preppergrejer. Snart dags att bege sig till the crimescene.

Under vår sista frukost tillsammans förtäljde jag denna, lite mera korrekta saga, för Zaar. Han lär ju strax gå upp i intet, och han förtjänar att veta sanningen. Vi kommer att tillintetgöra kapseln. Och enligt våra beräkningar, eftersom Anunnaki anlänt och jagar bort reptilerna en gång för alla... reptilerna som planerade att starta en gen-omstrukturering av sapiens alldeles snart... framdriva självaste Zaar-släktet... tror vi att Anunnaki har ett botemedel mot *de man inte nämner vid namn*... och det kommer därmed bli så att vi väljer scenario ett. Två problem återstår dock. Det ena blir den nervösa väntan på hur Anunnaki ska bära sig åt för att få bort sinnenas parasiter utan att minska jordens befolkning med 7 miljarder. Det andra problemet blir åt mig allena ägnat. Hur ska jag övertala Belle att stanna?

"Det är dags." hör jag Zaar. Han riktar sin blick ut i rymden. "Ner nu. Placera era händer på kapseln och visualisera det vi kommit överens om."

Mitt hjärta is running wild och min andhämtning är det enda jag kan styra.

Belle tittar eländigt sorgtyngt på Zaar. "Zaar, jag kommer sakna dig innerligt. Jag önskar dig all den vackraste lycka på din resa. Vart än det nu bär hän. Det har varit en oförglöml..."

"BBBBBZZZZRRRRRR...kchyyyy" En dold lucka i kapselns visir dras åt sidan och ett vibrerande, stort, sprakande hologram tar form framför våra ögon.

"My God!" utropar jag när två långa vita människoliknande varelser tornar upp sig och börjar tala till oss. Reflexmässigt vill jag täppa till öronen på grund av trycket och mullret som uppstår. Zaar överröstar dundret.

"Släpp under inga omständigheter händerna från kapseln, och släpp inte visionen!" Hans röst darrar som en tallrikspyramid en jordbävningsdag i Mexico.

"Kära barn av Moder Jord. Kära barn av Anu. I händelse av att ni ser oss i detta nu, bär detta faktum vittne om att ni trots våra skyddsmekanismer tagit er till en historisk plats, vid en historisk tidpunkt, och om ni har för avsikt att på något sätt göra åverkan på denna kapsel, vill vi sända eder en skarp varning." De måste ha spelat in detta när de placerade den här i sanden för en sisådär 3600 år sedan, hinner jag tänka.

"Hör oss nu rapportera... Vi era skapare, har återvänt för att justera en misskalkylering. Vi är här för att utföra mirakel. Ett mirakel är en korrektion i fält. Ett virus har olyckligtvis infilterarat våra barn på jorden. Vanställt deras sinnen. Om ni som nu står på randen att måhända göra åverkan på denna kapsel har vetskap om en grön kanin... då ska ni på allvar hysa förståelse för att den gröna kaninen innebär ättestupan för universums existens om ni inte låter vår korrektion gå i lås. Vår korrektion innebär att släppa lös ett vapen som utraderar virusets existens. Vi kommer att föra barnen i säkerhet och återföra dem till en blomstrande ny jord. Låt jorden och alla hennes barn åter blomma. Vi kommer att kasta ut ormen som vill fresta, skrämmas, korrumpera, styra, förslava... vi kommer att kasta honom förevigt ut ur paradiset. Vi utlovar fred på jorden. Om ni funnit denna kapsel ber vi eder... gå i frid. Glöm ert fynd. Gå hem som hjältar. Frälsare av existensen. Högaktningsfullt, era skapare Anunnaki." De bugar sig och hologrammet vittrar fort bort.

Jag och Belle stirrar förvirrat på varandra medan Zaar skriker åt oss att inte låta oss luras.

"Lita på planen! Ni måste låta mig dö! Här och nu!" Hans blonda manbun håller nästan på att lossna. Starka vindar kommer in från ovan. Ett ljussken så bländande att jag ger ifrån mig ett gnyende. Det strålar rakt igenom mina igenknipna ögonlock. Håret viner i mitt ansikte och jag tvingar mig att stå ut. Får icke släppa greppet. Eller visionen. Det är väldigt lockande må jag säga. Jag vill då inte vara den som bidrog till en total kataklysm. Mig veterligen är vi stjärnfrön här just av den anledningen. Och stjärnfrön finns. Vi är här för att förhindra kataklysm. Bland annat. Det finns fler anledningar. Jovars. Som att undervisa människorna om god-spark och att höja frekvensen på jorden, förankra ljuset och så. Men jag känner starkt att denna anledning, att förhindra kataklysm, undoubtedly står skrivet i pannan på mig.

"Men vi kan ju fan inte bara låta hela skiten implodera!" vrålar jag.

"Vad håller du på med River?" Belle är rasande. "Tänker du sabotera nu på målinjen? Tänker du låta sju miljarder människor dö? Är du inte klok? Vad har tagit åt dig?"

"Men ni hörde ju vad de sade! Och jag har kunskap om den gröna kaninen. Den finns! Den heter Alba och skapades genom genmanipulation år 2000. Det kommer att bli en saftig implodering om människan får gå på hur fan som helst med sina experiment." De blundar förmodligen lika hårt som jag och ser inte att tårarna forsar nedför mina kinder. Tårar över mamma, kanske pappa. Kommer jag att transporteras bort av Anunnaki ihop med Tayger? Och Belle? Kommer hon att ta livet av sig oavsett vad? Vilket jävla liv jag har framför mig alltså. Men jag kan bara inte falla för frestelsen. Tro blint på att de har ett bot mot *de man inte nämner vid namn*. Det är fan likställt med att spela Russian Roulette med hela existensen. No way José!

"River, nu vill jag att du tar och återkommer till dina sinnes fulla bruk!" skriker Belle hysteriskt. "Sabbar du detta nu så tar jag upp den fällbara campingsågen och slajsar upp min handled och säger GOOD-BYE till jorden! OCH DIG!!"

Som överstimulerad och överhettad ADHD´are har man lätt till impuls. Och rage. Rage-impuls. Och rage-quittning.

"FINE! Have it your way!" skriker jag till svar. Vindarna och strålningen från rymden suger nästan in orden i ett vakuum. Men jag tror att hon hörde, för hon fortsätter sin avskedshälsning till Zaar. I slutet tillägger även jag mina kondoleanser.

"Adjö Zaar. Ske din vilja. Journey well broder."

32. GOD JUL

24 december 2020

Hemfärden går i ett tidsvakuum. Vi måste skynda. Vi måste vara på platsen i svängen där vi befann oss när tiden frystes. Vi måste vara där när tiden ofryses. Vi måste återställa allt så gott vi kan. Alla bilar. Lyfta de kidnappade förarna till förarsätet. Verkligen med yttersta precision försäkra oss om att livet på jorden kan flyta på exakt så som det var tänkt innan vi kom och lade våra näsor i blöt. De enda spåren vi lämnar är nästintill tomma bensintankar, cash lite här och där, på de ställen vi införskaffat diverse tilltugg och dylikt. Men lite spill får våra medmänniskor minsann räkna med i kristider. Det är liksom högst förlåtligt.

Vi stannar till vid Ullared, tar oss in och köper med oss någon julklapp. Eftersom vi börjar sina på cash är det ett utomordentligt lämpligt ställe att ha vägarna förbi. Jag köper en ljuslykta för 25 kronor till mamma, ett par långa gröna jägarstrumpor i ylle till pappa. 20 kronor. Till Tayger hittar jag ett lila batteridrivet tåg. Tvekar först men prislappen är vänlig och eftersom jag nu vet att faran är över tänker jag att det kan bli ett fint symboliskt minne. 30 kronor. Ett fyr-pack stora Kexchoklad vid kassorna. 15 kronor. Go och gla′ petar jag ner en hundralapp i kassabiträdets bröstficka. Det är en manlig. Då räknas det ej som tafsning, tänker jag.

"Keep the change brother."

Belle lägger en tjuga på rullbandet alldeles under där biträdets hand befinner sig. Hon har bara köpt ett storpack postit-lappar. Jag tar det som ett gott tecken. Vad skulle hon med så många lappar till om hon tänkt lämna inom kort. De räcker ju minst i två år. Eller fyra. Beror på. Nöjda skyndar vi ut i bilen och fortsätter färden.

Alldeles i rättan tid står vi så här. I svängen. Larssons epa är prydligt parkerad i hans garage. Han kommer bli något förvirrad när han ser att bränslet gått upp i tomma intet. We are back. Time is rolling again. Mopeden börjar knarra. Kråkorna flyger i skyn och löven de rasslar i rännan. Det är julafton. Egentligen. För oss åtminstone. Tre dygn, i tre dagars mörker har vi kämpat, och nu ska vi hem till mig och avnjuta ett par tomtebrus, godis och en burk pepparkakor. Det är vi värda.

Jag och Belle håller Zaar i varsin arm. Leder honom hem till mitt. Han har varit tyst hela vägen hem. Suttit som frusen i bilarna. Vi har fått leda honom i och ur vid alla byten. Har inte fått ur honom ett knyst. Stackars krake. Han försvann inte. Vad det betyder kan vi bara gissa. För jag orkar verkligen inte mer än gissa at the moment. Vad det egentligen kan tyda på... att han finns kvar... det orkar min utbrända hjärna inte befatta sig med just nu. Not a chance. Belle och jag gissar på att han helt enkelt fastnat här. I nutiden. Hans avatar har fått ett extraliv så att säga.

Vi sitter på mitt rum och jag har dukat fram allsköns godsaker. Playat igång *Kalle Anka och hans vänner önskar god jul.* Hela programmet från ifjol finns på Youtube. Det är ju faktiskt julafton. Och då ser man på Kalle. Punkt. Efter att vi flera gånger försökt få

Zaar att äta, men utan framgång, gör jag ett sista tappert försök efter att ha varit nere om i källaren.

"Zaar." Jag räcker fram den redan öppnade Aladdin-asken jag hittade i prepper-förrådet. Samlingen minskade till åtta. Han bara tittar. På pralinerna. Sen på TV:n. På ormen som vaggar och med sin tve-eggade tunga kittlar prins John under foten i Robin Hood-klippet.

"Man får ta av undre lagret." säger jag och lyfter. Han nickar då och plockar åt sig den vita pärlnougaten i mitten. Steg hörs i trappan och strax vrids dörrhandtaget ner och mamma sticker in huvudet.

"Mamma!!" Jag far fram och ger henne en hård kram. Måste lägga band på mig. Men om hon bara visste vad jag varit med om på senaste. Om hon bara visste hur glad jag verkligen är att ha henne som mamma, trots att hon kan vara lite extrem på alla håll och kanter.... så är hon min. Min mamma. Och hon har älskat mig sen dag ett jag for in i hennes livmoder.

"River hur är det fatt?" Hon är inte van att se mig kasta mig i hennes famn. Åtminstone inte under de senaste fyra-fem åren. När jag började komma in i pre-teen-stadiet. När de mänskliga pubertets-hormonerna rumlar runt och man vill klippa navelsträngs-rester och bryta sig loss. Typ.

"Äääe... men jag är bara glad att se dig... jag eeh..."

"Ser ni redan på Kalle?" Hon fnissar. "Det är ju inte julafton förrän om tre dagar."

"Jag ska resa iväg." låter det ut Zaars mun. "Vi ville fira jul tillsammans innan jag beger mig." Han håller fortfarande pralinen i handen. Den börjar smälta.

Stoppa den för allt i världen inte i munnen förrän mamma gått, bönar jag tyst inom mig... för det kommer bli smått awkward när vi ska svara henne på vad det är för slags meckanick du scannar ditt torso med alldeles efter nedsväljning. Jag pallar inte.

"Aaah, då förstår jag." ler mamma.

"Vad gör du hemma?" frågar jag.

"Jag är bara snabbt hemma om för att hämta de veganska lingonbiskvierna jag ska bjuda på i eftermiddag... innan jag går på juuul-ledigheeeeeet!" jublelsjunger hon. "Måste skynda vidare. Men Zaar... jag önskar dig en trevlig resa och en alldeles underbar jul." Hon låter varm på rösten och jag är stolt över att ha just henne som mamma. Så full av liv. Min ADHD-mamma. Min coola dragon-fire mamma som ingen sätter sig på. Hon går sin egen väg. Varken en räddhare, försökskanin eller labbråtta. Snarare ett rytande lejon som försvarar sina barn mot världens sjukdomar. Mina tankar flackar förbi samtalet hon hade med mormor, där hon blånekade till att ens övertänka att sätta munblöja på oss på julafton. Hon hade nog klarat sig trots allt... om pesten fått härja, tänker jag. Hon är en warrior of light. Just like me.

När mamma gått och pärlnougaten just slunkit in mellan Zaars smala läppar, tackar jag honom för hans räddning. Han för Med-scannern i oregelbundet mönster över sitt matsmältningssystem medan han svarar:

"Jag talar bara sanning."

"Det är skönt att du talar överhuvudtaget måste jag säga." försöker Belle skoja. Jag instämmer. Äntligen tar han till orda. Det är så mycket jag vill veta.

"Vad kan ha gått fel?" frågar jag och sväljer undan en upp-bubblande rap. Tomtebruset i magen har party med magsyran. "Alltså... misstolka mig rätt. Vi tycker det är jättetrevligt att du stannar. Att du fått ett extraliv. Här har du i alla fall god mat och så och..."

"Jag stannar inte mina vänner. Jag talade sanning när jag sade att jag ska resa iväg."

Belle och jag utbyter ett kort förvirrat ögonkast med varandra. Han fortsätter:

"Jag åker hem."

"Hem vart?" virrar jag.

"Till 2077."

"Vad tror du dig skola hitta där?" frågar Belle.

"Jag vet att ni tror att jag bara fastnat här. Att nu när vi verkställt scenario ett, och reptilerna tycks vara på väg härifrån, Anunnaki förhoppningsvis rensar bort *de man inte nämner vid namn*, så är paradiset på jorden snart en realitet. Ni tror att evolutis-släktet endast och bara var en idé som aldrig kommer till förverkligande." Hans nacke är böjd. Kroppspråket i sig visar tydligt på känslor han inte tycks känna.

Den undansvalda rapen trycker sig upp tack vare det vulkaniska tryck som uppstår av min ökade adrenalinutsöndring. "Bööurp." Det var dra mig baklänges precis det jag anade. Att vi inte på långa vägar är färdiga. Upprivet slänger jag ur mig mina teorier om att reptilerna säkert har en sista ond plan i beredskap. De ska injicera hela världens befolkning och...

"Sluta nu River! Jag är trött på dina foliehatts-teorier. Hör du inte hur överdrivet det låter? Ingen... jag säger ingen... har makten att sätta sig över den fria viljan. Ingen kan och tillåts tvångs-injicera hela jordens befolkning. 7,8 miljarder. Vi talar mission impossible. Det är bara skrämselpropaganda och feberfantasier. En taktik de för med mål att sänka stjärnfrönas vibrationer. Vi måste hålla oss rena och högvibrerande. Det är där vi bäst gör nytta. Vi behöver sprida hoppet. Ljuset. Tilliten till att livet bär oss. Inte göda rädslan. I vilken form den så än yttrar sig. Säg mig... hur känner du dig när du funderar i dessa banor?"

"Tjaaa du." mumlar jag. "Vulkanutbrott inombords är typ ingen behaglig känsla förvisso. I get your point."

"Sant." inflikar Zaar. "Ingen kan tvinga. Men de kan gå så långt att människor inte tror sig ha något val. Men det har de alltid. Frågan är när och hur de reser sig mot förtryckarna."

"Precis." viskar Belle. "Alla dessa grå förblindande lager av falska jag och programmeringar. De ser inte att de blir ledda som en skock godtrogna lamm ut över ruinens kant."

"Hur som helst." fortsätter Zaar med livlös blick. "Att jag finns kvar beror inte på den injektions-teori som du har i åtanke River."

"Okej, vad är din teori då?" vill jag veta och petar i mig en limetryffel-pralin. Pluto, Musse, Piff och Puff far runt i en dansande gran i periferin.

"Jag ska ta reda på det." Han tar tag i sin stabiliseringsplatta som hänger runt halsen. Vänder på den. "Ingenting är som det verkar här. Och det finns mer än EN tidslinje och..." Han petar loss mittstenen. Domnar bort och faller mjukt åt sidan in mot väggen. Siri-rösten skär i luften:

"System-failure. They have arrived. There is a reason everyone is leaving earth. Bzzzzzz brrrrr. Iiiiiiiii." Det sprakar. Sen klar signal igen.

"Sccchhhhuuu, 4 8 5 6 5 1 2 9 85 43. It is coming towards the planet. And it is not alone. Leave now."

Iskall stämning råder en stund. Belle nickar åt mig och jag återför stenen i plattans mitt. Zaar återvänder, plockar ur en röd sten från framsidan av det färggranna mega-blingblingkorset runt halsen. Petar in den i en liten fördjupning på framsidan av den andra plattan. Tittar på Belle och mig.

"... det finns ett annat hot." svamlar han samtidigt som plattan börjar pulsera ut ett starkt rött sken. Hans kropp vittrar itu, går upp i atomer, elementarpartiklar och kvarkar... och han är borta. Från TV:n ljuder Benjamin Syrsas skönsång:

"Like a bolt out of the blue

Fate steps in and sees you through

When you wish upon a star

Your dreams come true..."

"Från oss alla till er alla... en riktigt God Jul." önskar syrsan och bugar sig. Belle och jag, två blåsinnade stjärnfrön på jorden, tittar in i varandras ögon, och ackompanjerad av en slajmig klump i magen avger jag en hemligstämplad önskan, stoppar en snabbt avskalad mini-Babybel i munnen. Pickar mig över bröstkorgen. Hoppingivande löften flödar ut i etern.

"When you wish upon staaaar...

your dreeeams cooome truuue..."

The children of Anu

The sons and the daughters
from the fairytales of Gods
Bring your heavens down to earth
The land of the sacred has arisen
in all the minds of men
Blooming in passion
Wilderly sweetness
Aiming the lightbeams of sunlight
Piercing through clouds
Our destiny is sealed
Forever we stay
Halleluja

EPILOG

Vad vet vi egentligen om någonting alls? Pågår det möjligtvis ett spirituellt krig. Mellan mörker och ljus? En kamp om Homo sapiens? Om herraväldet över jorden? Ligger det någon sanning i detta? Eller är allt blott fantasier? Konspirationsteorier? För är det något som människan kan så är det att fantisera. Världsmästare. Människan har kommit att bli så besatt av sin förmåga att fantisera och tro på all sköns abstrakta vanföreställningar att hon kanske har svårt att hitta tillbaka till det enkla. Till sanningen. Harmonin. Finns det ens ett uns sanning i denna saga? Ingen aning. Det enda jag vet är att det var himla kul att skriva den.

Med kärlek och lekfullhet
Sophie Amandine

OM FÖRFATTAREN

Jag har tidigare skrivit böckerna Jordängel och Frekvenshållarna. Båda kretsar de kring högkänslighet, stjärnfrö-uppdrag och det som ögat inte kan se. Det är spänningsromaner med övernaturliga, mystiska inslag. Jag kallar det magisk realism. Den senare är mer åt low urban fantasy-hållet, precis likt denna... då den innefattar andra existenser, hybrider och särskilda krafter.

Jag har ett intresse för själens, skapelsens mysterier. Hur allt hänger ihop. Hur det är att vara människa. Karma, energier, drivkrafter.

Jag vill med mina stories bjuda på en stunds underhållning, men också på mitt sätt erbjuda mina läsare att öppna sina sinnen och expandera medvetandet. Ett och annat stress och ångest-hanteringsknep är inpetat i sagorna. Vem behöver inte sådana råd i dessa tider?

Kram Sophie Amandine